Hans-Heinrich Lüth (Herausgeber): Die Flut kommt

Die Flut kommt

Unheimliche und abenteuerliche Nordseegeschichten

Herausgegeben von
Hans-Heinrich Lüth

Verlag H. Lühr & Dircks
St. Peter-Ording
1985

Herausgeber und Verlag danken für die Abdruckgenehmigungen den Verlagen und Autoren, die im Quellennachweis jeweils genannt sind. Das Titelbild stellte die Galerie (Ewald Heitzmann) in Witzwort in der Landschaft Eiderstedt (Nordfriesland) freundlichlicherweise zur Verfügung.

CIP-Kurztitelaufnahme der Deutschen Bibliothek

Die Flut kommt: unheiml. u. abenteuerl.
Nordseegeschichten / hrsg. von Hans-Heinrich Lüth. -
Sankt Peter-Ording: Lühr und Dircks, 1985.
ISBN 3-921416-35-3
NE: Lüth, Hans-Heinrich [Hrsg.]

Westmarken 49, 2252 St. Peter-Ording
Umschlaggestaltung und Litho:
K + S Reprotechnik, 2246 Süderheistedt
Gesamtherstellung: Breklumer Druckerei Manfred Siegel
ISBN 3-921416-35-3

Inhaltsverzeichnis

Gorch Fock

KAREN

In einem Atemzuge schnob der Nordwest von Esbjerg nach Kopenhagen: so klein war Dänemark in dieser Sturmnacht geworden. Nur als die Fackel auf der See erlosch, hart an der jütischen Küste, die zitternde, schwankende Notfackel, als die grauen Segel jäh aufs Wasser schlugen, da ward es urplötzlich stiller, und es schien, als müsse der Wind sich besinnen. Wo eben noch der gewaltige, wilde Nordlandswolf geheult hatte und umhergesprungen war, lag eine riesenhafte, graue Katze auf der Lauer.

Fünf weiße Häuschen, die in der Dünenmulde standen, waren die Mäuse, die sie nicht aus den Augen ließ. Und kaum, daß einer zehn zählen konnte, richtete sie sich fauchend und zischend auf. Der aufgewühlte Dünensand hagelte schwer gegen die Fensterläden. Lange, wehe Klagetöne hallten um Dächer und Giebel. Die See aber schrie noch zorniger gegen die Wolken, hob die weißen Häupter noch höher und rollte noch wilder über den Strand.

Es war Flut geworden.

Das kleine, gelbe Nachtlicht wurde unruhig.

Ein großes, starkes Mädchen stand neben dem Tisch und band sich die Flechten auf. Eine Weile guckte sie fragend in den Spiegel und dachte: bist bald alt geworden, Karen! – dann suchte sie Rock und Jacke und zog sich dick und warm an. Sie band ein schwarzes Wolltuch um den Kopf und zog Handschuhe an.

Das Gekeuch des Windes und das Gebrüll der See hatten sie geweckt.

»Karen!«

Niels streckte sein bärtiges Gesicht aus den roten Kissen und richtete sich halb auf. Verschlafen sah er sie an.

»Flut.«

Sie hatte sich eine Tasse Kaffee eingegossen und trank langsam.

Er brummte etwas Undeutliches, dann stieß er den neben ihm schnarchenden Jens an und rüttelte ihn wach.

»Flut, Jens. Steh auf, Jens. Mach dich klar, Jens.«

Aber Jens schalt und knurrte. »Laßt mich schlafen. Morgen – nachher – gleich – ja, ja.«

»Dann haben die andern den Strand rein,« brummte Niels, aber Jens schnarchte und war nicht wieder zu ermuntern.

»Allein geh' ich auch nicht los,« sagte Niels und legte sich die Kissen zurecht. Es war unter der Decke doch wärmer als draußen.

»Leg dich auch wieder hin. Schlaf noch 'ne Stunde oder zwei . . . meinetwegen . . . zwei . . .«

Aber das Mädchen schüttelte den Kopf und ging hinaus.

»Wenn was da ist, holst uns,« rief Niels ihr nach und hörte noch im halben Traum, wie die Tür klappte und der Wind aufheulte. Zugleich fühlte er, wie die Kälte hereinschlug, und er zog ohne Bedenken die Beine etwas höher und steckte den Kopf tiefer unter die Decke. Dann flog die Tür zu und es wurde stiller.

Karen tastete vornübergebeugt über die Dünen nach dem Strand. Der Wind war so stark und so kalt, daß er ihr fast den Atem benahm und sie sich dann und wann umdrehen mußte. Wie scharfer Schnee schlug der Sand ihr ins Gesicht. Erst als sie den Strand erreicht hatte, wurde es besser.

Es war tiefdunkel. Kein Licht. Und die See war nicht weit zu sehen. Nur fünfzig Faden weit leuchteten die weißen Köpfe.

Ein Brausen und Keuchen und Zischen und Brodeln war die Luft, war die See. Das Wasser stieg rasch: der weiße Schaumstreifen wurde von jeder See höher an den Strand gespült.

An diesem Strich entlang ging Karen und bückte sich, wenn sie etwas Dunkles gewahr wurde. Dann stieß sie es mit den Füßen an, zu erfahren, was es sei. Alles Holz las sie auf und steckte es in einen Sack, den sie unter dem Arm trug. Tang und Muscheln lagen viel da, – weiter auch fast nichts.

Als es Morgen werden wollte, hatte sie immer noch keine Tracht.

Hinter den Dünen erschien ein grauer Streifen, der höher und höher gekrochen kam.

Der Sturm raste mit voller Kraft. Drohender und gewaltiger schüttelte die See ihre Stierhäupter.

Kein Holz, kein Schiff, kein Wrack, kein Notschutz, kein Feuer, – nur schwarzes Wasser und weißer Schaum.

Sie blieb stehen . . . Da trieb etwas, . . . etwas Dunkles, Undeutliches, Unförmiges, . . . es kam näher. Aus Gewohnheit hielt sie die Hand über die Augen, wie sie an hellen Tagen oft getan hatte, wenn Sonnenschein um Dach und Dünen brannte, und die Luft flimmerte.

Es konnte ein Schiff sein, ein Kahn wohl oder ein Boot.

Das Seeräuberblut regte sich in ihr, ungeduldig lief sie am Strand auf und ab. Ihre scharfen Augen unterschieden schon, ein Boot war es, voll Wasser geschlagen, eben daß es trieb und ausguckte. Nur wenn eine große See es auf den breiten Rücken nahm und dann zurückfiel, ragte es höher auf. Langsam schoben die Seen es näher heran, und endlich saß es am Sand als Strandgut.

Erst wollte Karen zurücklaufen und den Vater Niels, den Bruder Jens rufen. Aber sie besann sich anders und tat es nicht.

So ging es nicht: Die Nachbarsleute konnten unterwegs sein, fanden es und hatten es. Sie überlegte, was sie machen sollte, dann zog sie eilig ihre Schuhe aus und streifte die Strümpfe ab. Ihr schauderte vor Kälte. Aber was half das? Sie schürzte den Rock auf und watete mit zusammengebissenen Zähnen in das eiskalte Wasser.

Den Steven hatte sie erfaßt und schwang sich auf den Bordrand. Tastend suchte sie nach der Fangleine, um das Boot aufs Trockene zu ziehen, da stürzte eine riesengroße See heran und schäumte über das Fahrzeug hinweg. Sie war durchnäßt. Fast hätte sie das Gleichgewicht verloren, aber sie hielt sich im letzten Augenblick krampfhaft an der Ducht fest.

Die See hatte es gut gemeint; als sie zurücklief, saß das Boot hoch auf dem Strand.

Wegtreiben konnte es nun fürs erste nicht mehr. Wenn sie noch den Anker aufs Land brachte, war das Strandrecht gewahrt, und sie konnte Hilfe holen.

Sie wollte es. Es war so bitterkalt.

So kalte Hände hatte sie.

Sie schauderte vor sich selbst. Wie Totenhände waren sie, wie fremde Hände. Plötzlich fühlte sie eine andere Hand, ... ein Fremder war bei ihr im Boot, ... ein Toter ... Als gehöre es sich so, fühlte sie die Haare, die Nase, den Mund, ... als wenn sie träume ...

Wollte es denn nicht Tag werden?

Über den Dünen wurde es doch schon hell ...

Sie drehte sich wieder um und suchte nach der fremden Hand. Dann zog sie den Toten halb aus dem Wasser und legte ihn mit dem Rücken auf die Ducht.

Der stille Mann war schwer.

Er steckte in Ölzeug. Der Südwester hatte sich in den Nacken geschoben. Die Augen waren weit geöffnet und das

Gesicht schneeweiß. Die Lippen waren fest geschlossen.

»Jung,« dachte sie, als sie keinen Bart sah.

Um die Hüften war das Bootstau geknotet, – so waren Boot und Mann zusammengeblieben.

»Wer bist du?« murmelte Karen und beugte sich tiefer über ihn, um seine Züge zu erkennen, aber der Tag war noch zu grau.

Wieder schlug eine große See klatschend über den Setzbord.

Da ließ sie die Hände los und löste das Tau. Auf ihren starken Armen trug sie den Toten durch das Wasser und bettete ihn auf das Dünengras. Leise und scheu strich sie ihm das Haar aus dem Gesicht und schaute verwundert in die hellblauen Augen. Verwundert . . . einen kurzen Augenblick.

Dann stand sie auf und machte sich wieder mit dem Boot zu schaffen, über das die See fortwährend schäumte. Sie zog es etwas höher, dann entdeckte sie eine Pütz unter den Duchten und machte sich daran, das Wasser auszuschöpfen. Wenn auch die Seen immer wieder hereinschlugen und sie bei dem Winde kaum auf der Ducht stehen konnte, es glückte ihr doch, und als das Boot erst Luft hatte, kam es von selbst höher aus dem Wasser. Bald hatte sie es so weit leer, daß sie auf den Lohnen stehen konnte.

Das Boot war fast neu. Sie beugte sich über den Achtersteven. »Gesine von Hamburg« stand da. Von Hamburg, von Deutschland, dachte sie und sah nach dem Toten hinüber.

Es war Tag geworden, – sie gewahrte es und hielt inne. Dann sprang sie hinaus und zog das leere Boot so hoch auf den Strand, wie sie konnte, band das Tau um einen herangeschleppten Felsen und lief die Dünen hinan. Der Wind wehte sie hinauf.

Oben auf der Höhe kam es über sie, als habe sie etwas

vergessen; sie mußte sich umdrehen und nach dem Toten gucken.

So sonderbar war ihr zumute. Erst hatte sie sich gefreut, Vater und Bruder den Fund zu melden; nun war sie beklommen, war es ihr nicht mehr recht, was sie tat.

Sie sah von oben mit einemmal auf ihr Leben hinab, auf ihr graues, stumpfes Leben. Ein Tag war wie der andere gewesen. Und die Gesichter immer dieselben. Eine Arbeit, ein Schelten und ein Gespräch. Immer das Alte, keinen Tag etwas Neues. Fünf Häuser waren es, und fünf Häuser blieben es. Und auf den Dünen wuchsen ewig keine Blumen. So war es immer gewesen, und sie hatte es nicht gewußt: nun aber kam es über sie. Draußen auf der See, ganz weit hinten, daß sie eben noch zu sehen waren, gingen mitunter Schiffe vorbei: Segelschiffe und Dampfer. Die Segel erschienen so weiß und rein, und der Rauch stieg steil in die Luft. Da war die Welt, da fing sie an: da sangen und lachten die Menschen und trugen schöne Kleider. Wie oft hatte sie als Kind barfuß auf dem Sand gestanden und gewartet, daß ein Schiff, ein einziges nur, heransegele und sie abhole. Aber alle zogen vorbei und kamen ihr aus den Augen. Einer mußte kommen, einer, der anders war, als die sie kannte, der lachen und singen konnte, der sich freute und sie bei der Hand nahm, der ihr erzählte und sie fragte. Der hatte immer kommen sollen und war nicht gekommen.

Sie schauderte, . . . da hinten lag einer mit hellblauen Augen, . . . ob er es war, der zu ihr gewollt hatte?

Sie wollte nicht – und trat doch ins Haus.

»Vater! Jens!«

Der buschige Schopf wurde zuerst sichtbar.

»Was ist los?«

»Ein Toter, Vater.«

»Weiter nichts?«

Niels wollte sich schon wieder umdrehen.

»Ein Boot auch.«

Das half. Niels richtete sich auf.

»Ein Boot?«

Er stieß Jens heftig an.

»Ein Boot, Jens! Aufstehn!«

Das ließ sich selbst Jens nicht zweimal sagen.

Niels stand schon in der blauen Unterhose da und suchte nach seiner seemännischen Ausrüstung. Zwischendurch fragte er in einem fort:

»Wo ist es? ... Neu? ... Treibt es noch? ... Oder sitzt es schon auf Land? ... Was steht dran? ... Und der Tote? ... Was für Zeug?« ...

Jens war auch bald reisefertig, und alle drei wateten durch den Sand. Niels war guter Laune und erzählte von Schiffen und Gütern, die in früheren Jahren angetrieben waren. Daß der Sturm ihm fast den Mund verschloß, störte ihn nicht.

Karen wies mit der Hand.

»Seht! Da!«

Karen war stehen geblieben.

»Vater!«

Niels drehte sich um.

»Was willst du?«

»Dem Toten müßt ihr seine Ruhe lassen. Den dürft ihr nicht anfassen. Versprecht mir das!«

Jens lachte höhnisch.

»Dumme Deern! Wenn das Zeug mir paßt, zieh ich's an. Der braucht nichts mehr.«

Niels hustete.

»Und wenn wir ihn melden, müssen wir ihn beerdigen lassen und vom Boot bleibt nichts nach. Wir begraben ihn in den Dünen und damit gut.«

Jens schüttelte den Kopf.

»Seemansgrab, Vater, Seemannsgrab. Das wünscht sich jeder Matrose.«

»Das tut ihr nicht! Das nicht! Versprecht mir das!« flehte das Mädchen. »Das dürft ihr nicht. Hört ihr?«

»Mach doch nicht so'n Lärm um den toten Mann,« knurrte Niels. »Freu dich, daß wir'n Boot haben.«

»Dann geh ich nicht mehr mit,« drohte Karen.

»Geh meinetwegen nach Haus und koch Kaffee,« sagte Jens gleichmütig. »Wir können's allein.«

Karen begann mit großen Schritten zum Strand zu laufen.

»Willst du hierbleiben!« rief Niels, aber Jens sagte trocken:

»Laß sie laufen!«

»Was hat sie mit einemmal?«

»Mag der Deubel wissen. – Das Boot sieht gut aus.«

»Das können wir brauchen.«

»Nanu? Ist sie verrückt geworden?«

»Lauf, Jens, und halte sie auf.«

»Karen! Karen!«

Die beiden fingen an zu laufen, aber bei dem schweren Wind kamen sie in dem tiefen Sand mit den großen Seestiefeln nur langsam vorwärts.

Als sie am Strand ankamen, war das Boot schon ein gutes Stück vom Lande.

Karen stand auf der Ducht und schob mit dem Haken ab. Schwer haute der Steven in die Seen, und das Fahrzeug dümpelte gewaltig hin und her, aber das starke Mädchen zwang es.

»Karen! Karen!«

»Dumme Deern, komm her.«

Aber der Sturm verschlang jedes Wort, und Karen sah sie gar nicht; ihre Augen waren bei dem Matrosen, der still und friedlich auf den Lohnen lag.

Als sie weit genug war, kniete sie neben ihm nieder und faßte seine kalten Hände.

Und setzte sich so, daß die blauen Augen sie ansahen.

»Ich bring dich heim. Nach Esbjerg und nach Haus,« flüsterte sie und strich mit der Hand weich über seine Stirn.

Sie sah die fürchterliche Flage nicht herankommen und gewahrte die riesige See nicht, die das Boot wie einen Käfer auf den Rücken warf ...

Niels und Jens sahen es mit an.

Es war ein stürmischer Novembertag ...

Fritz Ohrtmann

TEE MIT RUM

Die Friesen trinken gern Tee. Außerdem trinken sie gern Rum. Aber am liebsten trinken die Friesen Tee mit Rum. Auch Boie Jepsen, der lange Boie, trinkt am liebsten Tee mit Rum. Denn er ist ein Friese.

Ebbe und Flut hängen mit der Anziehungskraft des Mondes zusammen. Bei Vollmond und Neumond steigt das Wasser am höchsten.

Zwischen Amrum und Föhr, genauer zwischen Norddorf und Utersum, ist der Wattenweg. Aber bei Flut ist zwischen Amrum und Föhr das Meer - nichts als das Meer, mit dunklem, glucksendem Wasser und kleinen scharfen Wellen, die fahlweiß überkippen, wenn Wind und Strömung gegeneinander stehen.

Der Wattenweg ist durch Grasbüschel, die man in den Schlick gesteckt hat, gekennzeichnet. Er führt nicht in gerader Richtung über das Watt, sondern macht viele Windungen. Manchmal denken die Leute: Warum sollen wir immer den Grasbüscheln nachlaufen? Nehmen wir doch den geraden Weg. Der ist viel kürzer. Diese Leute geraten in den Quicksand. Zuerst sinken sie bis zu den Knien, dann bis zum Gürtel, bis zum Hals in den Quicksand, und schließlich sind sie ganz weg.

Wer den Wattenweg entlang will, muß rechtzeitig losgehen. Manche Leute denken, es ist noch nicht spät. Dann hören sie plötzlich ein merkwürdiges Glucksen um sich herum in den Prielen, in denen das Wasser zuströmt. Und die schmalen Rinnen, die man sonst mit aufgekrempelten Hosen durchwaten kann, reichen ihnen auf einmal bis an die Brust und haben eine reißende Strömung. Die Strecken blanken Sandes werden schmaler, und bald ist nur Wasser um sie herum, gurgelndes, glucksendes Wasser. Sie bekommen eine furchtbare Angst, beginnen zu laufen, zu schreien - aber das nützt nichts. Die Grasbüschel, durch die der Weg gekennzeichnet ist, sind nicht mehr zu sehen. Sie wissen nicht wohin, waten blindlings hinein in das gurgelnde, glucksende Wasser, das höher, immer höher steigt, geraten in irgendeine Vertiefung, werden plötzlich durch irgendeine scharfe Strömung umgerissen, mitgerissen.

. . . Aber das passiert meist nur den Ortsfremden. Die Friesen wissen, wann es zu spät ist. Eigentlich hätte auch Boie Jepsen es wissen müssen. Denn er war ein Friese.

»Hast du schon gehört«, sagte Maatje, seine Frau, »daß dein Bruder in Utersum ein Paket aus Amerika gekriegt hat?«

Der lange Boie nahm die Pfeife aus dem Mund und blies eine schwefelgelbe Rauchwolke durch das halbe Zimmer. »Die Leute reden dies, die Leute reden das«, sagte er bedächtig und sah der schwefelgelben Rauchwolke nach. »Man soll nicht alles glauben, was die Leute reden. Ein scheußlicher Tabak, dieser Eigenbau. Ich könnte ganz gut eine Pfeife amerikanischen brauchen.«

»Tabak, Kaffee und Tee«, sagte Maatje. »Ein ganzes Paket voll Tabak, Kaffee und Tee.« Der schwefelgelbe Rauch breitete sich im Zimmer aus und stieg langsam gegen die Decke. »Tabak, Kaffee und Tee?« fragte Boie Jepsen, und der Rauch geriet plötzlich in Bewegung, wie Gewölk, in das eine leichte Brise hineinfährt, und wälzte sich unruhig unter den niedrigen Deckenbalken. - Boie Jepsen sank in seinen Stuhl zurück und tat einen zweiten Zug. »Man soll nicht alles glauben, was die Leute reden«, sagte er. »Wer hat es dir erzählt?«

»Der Postbote«, sagte Maatje. »Der alte Quaden. Aber er

hat mir sicher einen Bären aufgebunden.« Sie sah Boie gleichgültig von der Seite an und band sich ihre blaukarierte Schürze ab.

»Der alte Quaden, sagst du?« – Boie Jepsen legte die Pfeife aus der Hand. »Der alte Quaden ist ein zuverlässiger Mann!« Er war aufgestanden und ging mit seinen langen Beinen im Zimmer hin und her. Jedesmal, wenn er an einen Deckenbalken kam, mußte er sich bücken. »Hast du Rum, Maatje?« – »Wozu brauchen wir Rum?« fragte Maatje spöttisch. »Ein ganzes Paket voll Tabak, Kaffee und Tee«, sagte Boie Jepsen. »Denk doch, Maatje! – Eine richtige Tasse heißen Tee und dann ein tüchtiger Schuß Rum! – Wo ist meine Mütze?«

»Was hast du vor?« – Maatjes Stimme war plötzlich besorgt. »Du willst doch nicht etwa heute Abend noch nach Utersum?« »Wo ist meine Mütze?« Boie Jepsen stand in der Tür und blickte hinaus. Es war ein wenig neblig, und bleich über dem Nebelgewölk stand der halbe Mond, als zöge er nach Westen, immer nach Westen, ohne von der Stelle zu kommen. »Es ist noch Ebbe . . .« »Aber du kannst heute nicht mehr zurück«, sagte Maatje. »Du willst doch nicht etwa die Nacht in Utersum bleiben?«

Boie Jepsen hatte inzwischen seine Mütze selbst gefunden und war zur Tür hinaus. Sie sah ihn, mit seinen langen Beinen, etwas vornübergebeugt, über den dunklen Hof davongehen, ein langer, hagerer Schatten im Nebel . . . ein Knirschen im Sand, das leiser wurde. Maatje ließ die Hände an beiden Seiten heruntersinken.

»Verrückt«, murmelte sie. »Er hätte es verdient, daß . . .« Aber was er verdient hätte, sprach sie nicht aus. Im Gegenteil, sie erschrak so, daß sie sich auf die Lippen biß. Denn man darf so etwas nicht einmal flüstern. Sonst nimmt einen der Teufel beim Wort.

»Ach«, seufzte Munge Jepsen in Utersum, und tat einen tiefen Zug aus seiner Pfeife. »Dieser amerikanische Tabak . . .« – »Komm rein, Munge! Du erkältest dich da draußen!« kam die schrille Stimme seiner Frau aus der Küche.

Munge warf einen letzten Blick auf den Mond, der über dem Nebel bleich nach Westen zog, und schlurfte ins Haus. Er war klein und stämmig und hatte ein Zwinkern in den Augen.

»Setz dich«, sagte Anje und band sich die Schürze ab. »Der Tee ist fertig.«

Munge legte die Pfeife fort und ließ sich gehorsam am Tisch nieder. Er beugte seine Nase über die Teetasse und sog den Duft ein. »Ah«, sagte er. »Und jetzt noch einen Schuß Rum . . .« »Rum gibt's nicht«, sagte Anje scharf. »Morgen kaufe ich Rum.« – »Schon gut, schon gut, Anje.« Da hörten sie Schritte über den Hof kommen. »Guten Abend!« Boie Jepsen stand in der Tür, etwas krumm, zog die Mütze vom Kopf und wischte sich den Schweiß aus der Stirn. »N'Abend, Boie!« Munge schüttelte seinem Bruder die Hand. »Trink 'ne Tasse Tee mit uns. Wir haben ein Paket aus Amerika.«

Boie Jepsen zog die Jacke aus, die vom Nebel feucht war, und ließ sich am Tisch nieder. Dann zog er seine Pfeife aus der Tasche und betrachtete sie lange Zeit stumm. »Willst du dir eine stopfen?« fragte Munge und stellte ein Päckchen Tabak vor ihn hin.

»Danke«, – Boie langte mit großen Fingern zu. Er stopfte seine Pfeife sehr sorgfältig, und als er fertig war, steckte er das angebrochene Päckchen bedächtig in die Tasche. »War sicher allerhand drin in dem Paket«, sagte er beiläufig.

»Wie Pakete so sind«, sagte Munge. »Zwei bis drei Päckchen Tabak, ein bißchen Tee, ein bißchen Kaffee . . .« er starrte mit gerunzelter Stirn auf die Stelle, wo der Tabak gestanden hatte. »Jetzt willst du sicher Feuer haben«, sagte er dann.

»Danke, das habe ich selbst.«

Anje stellte eine Tasse Tee vor ihn hin und setzte sich mit an den Tisch. »Lang zu«, sagte sie.

Boie Jepsen sog an der Pfeife und blickte nachdenklich auf die Tasse. – »Lang zu«, sagte Anje. »Er riecht gut ...« Boie Jepsen hob die Tasse an die Nase und setzte sie wieder auf den Tisch. »Ja, so ein richtiger amerikanischer Tee ...« Und er tat noch einen tiefen Zug aus der Pfeife. »Worauf wartest du?« fragte Anje.

»Rum haben wir nicht im Haus.«

»Ach«, sagte Boie Jepsen und legte die Pfeife auf den Tisch. »Rum habt ihr nicht?« – Die blauen Rauchwolken unter der Decke brodelten enttäuscht.

»Nein«, sagte Anje und lächelte. »Rum haben wir nicht. Aber eine Tasse Tee kannst du ruhig mit uns trinken. Lang zu!«

Boie Jepsen war in den Stuhl zurückgefallen und schloß die Augen. »Nein«, sagte er. »Ich muß noch vor der Flut wieder zurück. Maatje wartet auf mich. Wo ist das Paket?«

»Es ist nur ein kleines Paket«, sagte Anje rasch. »Bißchen Tabak, bißchen Kaffee, bißchen Tee. Ich habe es schon ausgepackt.«

Boie Jepsen trat an den Küchenschrank. Aber Anje kam ihm zuvor. Sie nahm ein Päckchen Tee heraus und zeigte es ihm. Boie Jepsen nahm es in die Hand, um es zu beriechen. Dann ließ er das Päckchen langsam in die Tasche gleiten. »Ihr habt sicher reichlich von dem Zeug.«

»Zwei bis drei solche Päckchen«, sagte Anje und biß sich auf die Lippen. »Das ist alles.«

»Jaja ...« Boie Jepsen machte ein betrübtes Gesicht. Dann wandte er sich an seinen Bruder. »Wo steht dein Fahrrad, Munge?«

»Im Geräteschuppen. Schaffst du es noch vor der Flut? – Willst du nicht lieber hierbleiben?«

Boie Jepsen sah nach der Uhr. »Wenn ich schnell fahre ... Ich lasse das Rad am Deich liegen. Dort kannst du es dann morgen früh abholen. Maatje wartet auf mich. Sie hat Rum.«

Er war schon an der Tür, und Nacht und Nebel verschluckten ihn.

So sind die Männer, dachte Maatje auf Amrum, nachdem sie die Küche sauber aufgeräumt hatte. Tee und Rum und Tabak, an was anderes denken sie nicht. Sie setzte sich an den weißgeschrubbten Küchentisch und stützte den Kopf in beide Hände. Alles um sie herum blinkte vor Reinlichkeit. Das Licht der Petroleumlampe spiegelte sich in den blauen Kacheln der Wände. Die alte Messinguhr tickte. Heute wird er wohl nicht mehr zurückkommen. Drüben auf Utersum gibt's Tee mit Rum. Sie gähnte, stand auf und ging langsam ins Schlafzimmer. Im Dunkeln zog sie sich aus, und durch die kleinen, blanken Fenster schaute der Mond, bleich hinter Nebelgewölk dahinsegelnd. – Ach, der Mond, dachte sie, als sie unter die dicke Daunendecke kroch. Der macht Ebbe und Flut ... Aber sie war zu müde, um weiterzudenken. Er würde heute nicht mehr zurückkommen. So sind die Männer.

Boie Jepsen legte das Rad gegen den Deich und fühlte, daß das Gras feucht war. Auch der Rahmen des Rades war beschlagen und kalt. Vor ihm, in Dunkel und Nebel getaucht, lag das Watt, und er hörte das Glucksen und Gurgeln des Wassers irgendwo fern in den Prielen. Gerade noch Zeit, dachte er und zog sich die Schuhe aus. Er hatte das Rad den letzten Teil des Weges schieben müssen, weil die Luft aus dem Vorderreifen entwichen war. – Er krempelte sich die Hosen hoch, nahm die Schuhe unter den Arm und ging über den Strand in die gurgelnde, glucksende Dunkelheit hinein. Der Schlick fühlte sich feucht und kalt an unter seinen bloßen Füßen.

Zu Hause ist Rum, dachte er und tastete nach dem Päckchen Tee in seiner Tasche. Einen ordentlichen Tee mit Rum wird mir Maatje machen. Das ist gut für die kalten Füße. Und mit langen Schritten, etwas vornübergebeugt, stelzte er sehr rasch über den Schlick und den feuchten Sand. Und er fühlte die Feuchtigkeit zwischen den Zehen, und Seegras und kleine Muscheln, und an manchen Stellen reichte ihm das Wasser bis an die Knöchel. – Es ist verdammt spät, dachte er, und versuchte schneller zu gehen. Das Wasser und der Schlick spritzten ihm gegen die Beine, und seine Augen spähten nach den dunklen Tupfen der Grasbüschel, die den Weg markierten. Er konnte immer nur einen zur Zeit sehen. Die anderen, hinter und vor ihm, lösten sich auf, wie alle Dinge, in Nebel und Dunkelheit. Als er den ersten Priel durchwatete, reichte ihm das Wasser bis über die Knie, und er spürte den Druck der einströmenden Flut, die ihm kleine Sandkörnchen gegen die Beine trieb.

Ich werde es gerade noch schaffen, dachte Boie Jepsen. Das mit dem Vorderreifen hätte nicht kommen sollen. Und er patschte mit langen, eiligen Schritten durch das Wasser, das jetzt auch auf dem ebenen Schlick schon knöcheltief war. Es war später, als er gedacht hatte, verdammt spät. Er würde es gerade eben noch schaffen.

In grauen, undurchdringlichen Schwaden trieb der Nebel vor ihm her. Er mußte sehr scharf nach den Grasbüscheln ausspähen. Denn sonst würde er vom Wege abkommen. Und es gluckste und gurgelte in den Prielen, irgendwo, überall um ihn herum, und überall um ihn herum war Nebel. Nur bleich, mit käsigem Gesicht, der Mond, rührte sich nicht vom Fleck – obwohl auch er durch den Nebel dahinzusegeln schien wie ein Geisterschiff mit aufgeblähten Segeln. – Der Mond und die Flut, dachte Boie Jepsen. Wie hängt das noch zusammen? – Wenn Vollmond war . . ., aber es war ja heute kein Vollmond; und außerdem hatte Boie Jepsen keine Zeit, lange darüber nachzudenken, wie das wohl zusammenhing mit dem Mond und der Flut. Er mußte auf die Grasbüschel achten, die ohnehin schon schwer genug zu erkennen waren, da das steigende Wasser sie verdeckte.

Als Maatje aufwachte, hörte sie gerade noch die letzten Schläge der großen Uhr im Wohnzimmer. Wie spät es war, konnte sie nicht mehr zählen. Sie griff neben sich ins Bett und erschrak: Boie war nicht da. – Dann entsann sie sich, daß er nach Utersum gegangen war. – Langsam kroch sie unter der dicken Federdecke hervor und tappte barfuß in die Küche. – Die Uhr war halb zwölf. Er wird in Utersum geblieben sein, dachte sie. Sicher wird er morgen früh kommen. Was suche ich überhaupt mitten in der Nacht hier in der Küche? – Ich werde mir noch den Schnupfen holen.

Sie blies das Streichholz aus und tappte ins Schlafzimmer zurück. Dort setzte sie sich auf die Bettkante und starrte einen Augenblick lang leer vor sich hin. Draußen vor dem Fenster stand der Mond, und der Nebel zog in langen, grauen Schwaden an ihm vorüber.

Weshalb ich wohl aufgewacht bin? dachte sie. Ich erwache doch sonst nicht mitten in der Nacht. Das kommt bloß, weil mich Boie allein gelassen hat. Aber so sind die Männer. Tee und Rum und Tabak, das ist alles, woran sie denken. Und daß die Frau in der Nacht einmal plötzlich aufwachen könnte und nicht weiß, warum, aber so ein merkwürdiges Gefühl hat . . .

Plötzlich entdeckte sie, daß sie ganz in Gedanken, anstatt wieder ins Bett zu gehen, angefangen hatte, sich anzukleiden. Nein, dachte sie. Was ist denn bloß heute nacht mit mir los? Ich bin ja wohl nicht mehr recht bei Trost, so mitten in der Nacht aufzustehen und mich anzuziehen!

Aber sie fuhr trotzdem fort, sich anzukleiden, und zwar immer hastiger. Zuletzt vergaß sie sogar, die Knöpfe an ihrer Bluse zuzumachen. So eilig hatte sie es. Wenn er nun aber doch nicht in Utersum geblieben ist, dachte sie. Wenn er nun losgegangen ist, und es war schon spät, und die Flut . . . Nein, sie wagte den Gedanken gar nicht zu Ende zu denken. – In fliegender Hast warf sie ihren dunklen Umhang über. Sie mußte etwas tun. Zu Bürgermeister Mungard gehen, vielleicht. Er würde helfen. Er würde Leute mit einem Boot ausschicken. Oder er würde telefonieren. Er hatte ein Telefon und konnte das Sanatorium in Utersum anrufen. Die würden sich bei Munge Jepsen erkundigen, ob Boie noch da war.

Der lange Boie Jepsen watete bis über die Knie im dunklen, gurgelnden, glucksenden Wasser. Kleine, scharfe Wellen schwappten an ihm hoch, und er war bis an die Brust durchnäßt. Um sich herum sah er Nebel, nichts als Nebel und Nacht und gurgelndes, glucksendes Wasser, und über sich, bleich und geisterhaft, den Mond, an dem der Nebel vorübertrieb. – Die Grasbüschel, die den Weg markierten, konnte er nicht mehr erkennen. Er wußte nur die ungefähre Richtung, in der er zu gehen hatte, glaubte sie zu wissen. Aber es war schwer, in der Richtung zu bleiben, wenn man nichts sah als dunkles Wasser und Nebel, der trieb und trieb.

Es ist spät, dachte er. Verdammt spät! Wenn bloß die Panne mit dem Fahrrad nicht gekommen wäre. Ich hätte es gerade eben noch geschafft. Er blieb stehen und tastete mit den

Füßen auf dem Schlick unter sich entlang. Hier irgendwo muß ein Grasbüschel sein. Aber er spürte nichts als weichen, seidigen Schlick, der ihm zwischen den Zehen hindurchquoll, und das dunkle, kalte Wasser gluckste und gurgelte überall. Er watete ein paar Schritte nach links in die Dunkelheit hinein. Aber da war kein Zeichen. Nur daß plötzlich der Grund etwas abfiel und er sich bis an den Hosenboden im Wasser befand. Hastig watete er zurück. – Tee mit Rum, dachte er. Wenn ich zurück bin, wird mir Maatje heißen Tee mit Rum machen.

Er zog das Teepäckchen und den Tabak aus der Jackentasche und steckte sie sich unter die Mütze. Das wäre ja schrecklich, wenn der schöne Tee nach Salzwasser schmeckte!

Er machte einige Schritte vorwärts. Irgendwo muß doch hier das Markierungsbüschel sein! – Aber sehr rasch merkte er, daß der Grund unter ihm abfiel. Er stand plötzlich bis an die Brust im Wasser und ruderte mit langen Armen gegen eine scharfe Strömung an, die ihn beinahe von den Füßen gerissen hätte. – Gott sei Dank, ich habe den Tabak und den Tee nicht mehr in der Tasche! dachte er, während er sich wieder auf höheren Grund hinaufarbeitete. – Vorwärts ging es also nicht mehr. Links am Mond vorbei, das war irgendwie vorwärts. Aber links am Mond vorbei wurde das Wasser tief und reißend, und man konnte nicht vorbeigehen. Boie Jepsen stand bis an den Hosenboden im Wasser. Kleine scharfe Wellen spritzten an ihm hoch. Er schob die Mütze in den Nacken und fuhr sich mit der Hand übers Gesicht. Die Feuchtigkeit auf seiner Hand schmeckte salzig. War es Seewasser oder Schweiß?

Mir kommt es beinahe so vor, dachte Boie Jepsen, als ob ich tatsächlich zu spät losgegangen wäre. Vielleicht ist es am besten, ich bleibe hier stehen und überlege mir in aller Ruhe, was ich tun soll. – Links von mir und vor mir wird das Wasser tiefer. Bleibt also nur noch rechts von mir und zurück. Zurückzugehen hat keinen Zweck. Dazu bin ich schon zu weit draußen. Und wenn das Wasser rechts von mir auch tiefer werden sollte, oder ich gerate in den Quicksand ... Nein, dachte Boie Jepsen, am besten ist, ich bleibe hier stehen. Hier weiß ich wenigstens, wie tief das Wasser ist, und ich habe festen Grund unter den Füßen – solange ich überhaupt noch Grund unter den Füßen habe. Die kleinen scharfen Wellen prallten an ihm hoch. Er fühlte, wie ihm die Kälte langsam in den Beinen hinaufstieg. Hoch über ihm, bleich wie das Segel eines Geisterschiffes, der Mond. Boie Jepsen legte den Kopf in den Nacken und blickte sehnsüchtig hinauf. Ja, du hast es gut da oben, dachte er.

So sind die Frauen, dachte Munge Jepsen. Nachts um halb zwölf wird man noch losgeschickt, in den kalten, feuchten Nebel hinein, um das Fahrrad vom Deich zu holen.

Er schob das Fahrrad neben sich her und fühlte das kalte, beschlagene Eisen der Lenkstange unter seiner Hand. Und nicht einmal Rum hatte sie im Haus, womit man seine müden erkälteten Glieder ein wenig aufwärmen konnte. – Ob Anje wohl schon zu Bett gegangen war? Er mußte doch einmal hinter dem Speiseschrank nachsehen. Vielleicht hatte sie den Rum versteckt. Zuzutrauen war es ihr, daß sie den Rum versteckt hatte. Aus reiner Boshaftigkeit ... Munge Jepsen beschleunigte seine Schritte unwillkürlich. Das Gras unter seinen Füßen war taufeucht und schlug ihm gegen die Schuhe. Boie war sicher schon längst drüben in Norddorf. Und Maatje machte ihm einen tüchtigen heißen Tee und gab einen guten Schuß Rum dazu. Ja, so eine Frau wie Maatje ... mit der ließ sich schon leben. Er war zu Hause angekommen und stellte das Fahrrad in den Geräteschuppen. Dann warf er noch einen Blick hinaus in die Dunkelheit, blickte zum Mond hinauf, der bleich über dem Nebel stand, schüttelte sich und trat ins Haus. Anje war schon im Schlafzimmer, hatte aber in der Küche noch Licht gelassen. Er setzte sich an den Küchentisch und stopfte sich eine Pfeife Tabak. »Bist du da, Munge?« fragte seine Frau aus dem Schlafzimmer.

»Ja«, brummte Munge, und öffnete die Tür zum Speiseschrank. Vielleicht hatte sie den Rum irgendwo auf dem obersten Bord versteckt.

»Komm zu Bett, Munge! Was stöberst du noch in der Küche herum? Morgen mußt du früh aufstehen!« kam die Stimme aus dem Schlafzimmer. – »Gleich, Anje, gleich!« Munge Jepsen entzündete ein Streichholz und leuchtete die dunkle Ecke hinter dem Küchenschrank ab.

Tatsächlich: Da stand, ganz verstaubt und mit Spinngeweben überhangen, eine Flasche. Ihm verschlug der Atem. Er wollte die Flasche gerade ans Licht ziehen, da hörte er wieder die Stimme seiner Frau und den stumpfen Laut von bloßen Füßen auf Steinfliesen, der sich ihm näherte.

»Komm zu Bett, Munge! Was machst du da am Speiseschrank?« Munge blies rasch das Streichholz aus und trat an den Tisch. Seine Frau stand im Nachthemd in der Tür und blinzelte mißtrauisch ins Licht. »Hast du das Fahrrad eingestellt?«

»Ja«, brummte Munge. »Geh zu Bett, Anje. Du erkältest dich noch! Es ist sehr feucht und neblig draußen. Eine tüchtige Tasse Tee mit Rum wäre sicher sehr gesund bei solchem Wetter.« – »Tee und Rum gibt's morgen«, sagte Anje. »Jetzt zu Bett.«

Als er gerade dabei war, sich die Jacke auszuziehen, kamen Schritte über den Hof. Jemand klopfte an die Tür. Munge zog sich die Jacke wieder an und ging in die Küche. Er entzündete die Petroleumlampe und öffnete. Draußen stand ein Fremder, einer vom Sanatorium.

»Wohnt hier Herr Munge Jepsen?« fragte der Fremde vom Sanatorium und trat einen Schritt in die Küche. Er blinzelte ins Licht und hatte nur eine leichte graue Jacke an. Seine Zähne klapperten. Munge zog sich die Hosen ein wenig höher und sagte: »Treten Sie doch bitte näher. Der Herr bin ich.« – »Sie werden am Telefon verlangt«, sagte der Fremde.

Bürgermeister Mungard saß, den Telefonhörer am Ohr, vor seinem Schreibtisch und blinzelte mit den Augen. Er war mitten in der Nacht aus dem Schlaf gerissen worden und noch etwas benommen. Das graue Haar hing ihm wirr ins Gesicht, und er hatte sich anscheinend die Hosen nur über das Nachthemd gezogen. Ein Zipfel des Nachthemdes hing hinten aus der Hose heraus. »Es wird einige Minuten dauern«, sagte er. »Sie müssen ihn erst holen.«

Maatje saß am kalten Ofen, in dem die letzte Asche verglüht war, und klapperte mit den Zähnen. »Sicher ist alles in Ordnung«, sagte Bürgermeister Mungard. »Er wird morgen früh mit der Ebbe zurückkommen. Oder vielmehr heute . . .« Er versuchte mit einem Blick auf die Uhr zu scherzen. Maatje blickte ihn leer an und klapperte mit den Zähnen. Plötzlich hörte sie ein Schnarren im Telefon.

»Hallo?« fragte Bürgermeister Mungard. »Hallo! – Ist dort Munge Jepsen?«

Maatje hatte die Hände zusammengepreßt und blickte ängstlich auf den Bürgermeister. Der verzog sein Gesicht, um besser hören zu können. »Hier ist Bürgermeister Mungard. Ist dort Munge Jepsen?«

Maatjes Hände drehten sich umeinander wie kleine weiße Bälle. »N'Abend, Munge. Wie geht's?« – Wieder hörte sie die schnarrende Stimme. »Tüchtig einen getrunken? – Was? – Ich wünschte, ich wäre bei euch. – Was? – Keinen Rum? . . .?« –

Maatjes Hände drehten und wanden sich, und ihre Zähne klapperten.

»Was? . . . Boie ist . . .? . . . Das Fahrrad am Deich? . . . Reifenpanne sagst du . . .?«

Maatjes Augen waren weit geöffnet. »Ist er da?«

»Sei still!« fuhr der Bürgermeister sie an. »Um halb zwölf abgeholt? . . . Nein, hier ist er nicht . . . Ich weiß nicht . . . Wollen hoffen . . .« Er legte den Hörer auf und wandte sich Maatje zu. Er hatte eine tiefe Falte in der Stirn. »Nun?« fragte Maatje gepreßt.

»Bei seinem Bruder ist er nicht«, sagte der Bürgermeister. »Er ist ziemlich spät mit Munges Fahrrad losgefahren. Er sagte, er würde noch gerade vor der Flut rüberkommen. Das Fahrrad liegt am Deich.« – »Also ist er losgegangen«, murmelte Maatje. »Losgegangen ist er anscheinend«, sagte Bürgermeister Mungard. »Und zwar sehr spät. Der Reifen des Fahrrades hatte keine Luft. Nun fragt sich bloß, ob er hier angekommen ist.«

Maatje war in sich zusammengesunken, hatte den Kopf in den Händen vergraben und weinte vor sich hin. »Sie hätten ihn nicht gehen lassen sollen«, schluchzte sie. »Warum haben sie ihn gehen lassen? – Sie wußten doch, daß es zu spät war!«

»Ja«, sagte der Bürgermeister. »Das hätte ich von Boie nicht gedacht, daß es so mit ihm enden würde. Er war doch so ein bedächtiger Mensch. Ihn konnte nichts aus der Ruhe bringen . . .«

»Dieser verfluchte Tee!« schluchzte Maatje. »Wenn ich ihm doch bloß nicht von dem Paket erzählt hätte!«

»Ja«, sagte Bürgermeister Mungard. »Und dann hatten sie nicht einmal Rum im Haus . . .«

Er stand müde auf und stopfte sich den Zipfel seines Nachthemdes in die Hose.

»Kann man denn gar nichts machen?« fragte Maatje. »Kann man denn keine Boote ausschicken?« – »Bei dem Nebel? Die Strömung ist so stark in den Prielen, daß sie Boie sofort hinausreißt. Nein, das nützt nichts, Maatje. – Wir können nur hoffen, daß er vielleicht doch noch rübergekommen ist.«

Maatje saß, ganz in sich zusammengesunken, am erloschenen Feuer des Ofens. Ihre Schultern zuckten.

Boie Jepsen fühlte den Strom gegen seine Brust drängen, und in seinem Rücken war ein kleiner, glucksender Wirbel. Und der Nebel und das Dunkel trieben an ihm vorüber. Nur der Mond stand still, bleich und fest über ihm. – Oder war es anders? War der Mond ein bleiches Boot, das nach Westen fuhr, immer nach Westen über einem Meer von Nebel, und war er selbst ein Schiff, das nach Westen fuhr, wie der Mond, obwohl er reglos zu stehen schien, mit einer unmerklichen Bugwelle vor sich und einem leisen, gurgelnden Glucksen im Kielwasser –, nach Westen, immer nach Westen, er und der Mond, auf einer unheimlichen, lautlosen Reise in die Unendlichkeit.

Boie Jepsen nahm die Mütze ab und stopfte sich mit großen klammen Fingern die Pfeife. Dann nahm er sein Feuerzeug aus der Mütze und riß es an. Ein Wellenspritzer löschte es wieder aus. Er schüttelte es in der Luft, um es trocken zu machen, und versuchte es noch einmal. Diesmal legte er schützend die Hand um die kleine, flackernde blaue Flamme, die sich auf dem schwarzen Wasser brach mit tausend funkelnden Irrlichtern, eines auf jeder Runzel des Meeres, und entzündete die Pfeife. Ein kleiner roter Punkt glomm auf in der Dunkelheit. Er steckte das Feuerzeug wieder unter den Rand seiner Mütze und setzte die Mütze auf den Kopf. Dann tat er einen tiefen Zug. Die Pfeife war ein kleiner warmer Ofen in seiner Hand. –

Eine unmerkliche Bugwelle vor sich, die dampfende Pfeife im Mund, ein leises, gurgelndes Glucksen im Kielwasser, so fuhr Boie Jepsen durch Nebel und Nacht und schwarzes Wasser mit Blasen und fahlen Schaumstreifen darauf nach Westen, immer nach Westen. Und der bleiche, fahle Mond fuhr mit.

»Einen guten Tabak rauchst du da, Boie Jepsen«, sagte der Mond, und es war, als ob er sich ein wenig zu ihm herabbeugte – und sein Gesicht bekam einen wärmeren, gelberen Glanz. »Wahrhaftig, einen guten Tabak.« Boie Jepsen blies dem Mond einen schmalen, dünnen Rauchstreifen gerade unter die Nase. »Willst du eine Pfeife abhaben?«

»Danke vielmals«, sagte der Mond. »Ich hätte schon Lust, aber ich bin im Dienst.«

»Im Dienst?« fragte Boie Jepsen, »soso, im Dienst. Was machst du denn?« – »Ebbe und Flut«, sagte der Mond. »Im Moment Flut.« – »Ja«, sagte Boie Jepsen. »Das merkt man. Ist verdammt kalt an den Beinen, deine Flut.« – »Dafür kann ich nichts«, sagte der Mond.

Das Wasser gluckste, und kleine scharfe Wellen spritzten Boie Jepsen direkt ins Gesicht. Er nahm die Pfeife aus dem Mund und spuckte Seewasser. »Sie schmeckt salzig, deine Flut«, sagte er. »Tee mit Rum schmeckt besser.« – »Ach ja«, sagte der Mond, und sein Gesicht wurde noch eine Spur gelber und wärmer. »Tee mit Rum . . .« – und er seufzte.

Und die Kälte kroch höher und höher. Boie Jepsen fühlte seine Beine schon gar nicht mehr. Er fühlte sich überhaupt nur noch vom Gürtel aufwärts. Nur die dampfende Pfeife war wie ein kleiner warmer Ofen in der nassen, gurgelnden, nebligen Dunkelheit.

Maatje saß im Amtszimmer des Bürgermeisters am kalten Ofen und weinte lautlos vor sich hin. Der Bürgermeister ging mit auf dem Rücken gefalteten Händen im Zimmer auf und ab. Auf dem Tisch standen eine Kanne Tee und zwei Tassen, die beide nicht angerührt waren. Hin und wieder steckte die Frau des Bürgermeisters den Kopf zur Tür herein. »Braucht ihr mehr Tee?« fragte sie. Aber der Tee war noch gar nicht angerührt, und sie bekam keine Antwort.

»Grogard war hier, und Jensen. Sie sind in den meisten Häusern gewesen. Aber niemand hat ihn gesehen«, sagte sie einmal. Der Bürgermeister zuckte mit den Schultern. Maatje rührte sich nicht. Sie hatte die Worte gar nicht gehört.

Draußen vor der Tür knirschten Schritte, und hin und wieder hörte man unterdrückte Stimmen. Manchmal erschien auch vor dem schwarzen Fensterglas etwas Bleiches, Verschwommenes. Das waren Gesichter, die neugierig ins Zimmer starrten. Das ganze Dorf wußte Bescheid, und viele waren aufgestanden und hatten sich vor dem Hause des Bürgermeisters versammelt. Einmal öffnete der Bürgermeister die Tür und fragte in die Dunkelheit hinaus: »Irgend etwas Neues vom Strand?« – Er lauschte eine Weile, und als keine Antwort kam, machte er die Tür wieder zu. Maatje saß am erloschenen Ofen und hatte ihr Gesicht in die Hände gestützt. Ihre Schultern zuckten nicht mehr. Es war still.

»Ausgerechnet Boie mußte das passieren«, seufzte Munge Jepsen in Utersum. »Er hatte so lange Beine und trank so gerne Tee mit Rum. Er war ein guter Kerl, unser Boie, das war er.« Er goß sich einen Schuß Rum in die Tasse, in der golden-brauner Tee dampfte, und tat einen schlürfenden Schluck. – Auf dem Herd brodelte der Kessel mit Wasser. Anje saß auf dem Küchenschemel und sah auf die Flasche, die Munge neben sich stehen hatte. Sie war nur noch halb voll. – »Mußt du dich unbedingt heute nacht betrinken?« fragte sie. »Heute nacht, wo dein leibhaftiger Bruder, Gott hab ihn selig . . .«

»Ein guter Kerl war er, unser Boie, ein guter Kerl – das kann ich beschwören«, sagte Munge. »Und einen tüchtigen Schluck konnte er vertragen, einen richtigen, steifen, seefesten ...« – Er goß sich noch einen Schuß Rum in die Tasse. »Wenn man das geahnt hätte! Wo ist dein Fahrrad? sagte er. – Im Geräteschuppen, sage ich. – Ich werde es am Deich liegen lassen. Da kannst du es morgen abholen. Maatje wartet auf mich. Sie hat Rum. – Das waren seine letzten Worte, so wahr mir Gott helfe. Maatje wartet auf mich, sie hat Rum. – Ach, er war ein netter Kerl, das war Boie – ein Mordskerl war er. Das muß ich wohl wissen, denn er war mein Bruder ...« Er tat einen langen Schluck aus der Tasse und seufzte.

»Wie lange willst du hier noch sitzen und trinken?« fragte Anje. »Es ist bald drei Uhr, und morgen mußt du früh aus dem Bett ...« »Du hast kein Herz, Anje«, sagte Munge Jepsen. »Du hast kein fühlendes Herz in deiner Brust. Eine ganze Flasche Rum hattest du hinter dem Küchenschrank stehen, und als Boie kam, durch Nacht und Nebel und Feuchtigkeit müde und durstig zu uns kam, da hast du zu ihm gesagt: Rum gibt's nicht. Tee kannst du haben. Aber Rum ist nicht im Haus! hast du gesagt. – So wahr ich hier stehe und kann nicht anders: das hast du gesagt! – Und so ist er wieder gegangen, hinaus in die Nacht und den Nebel und die Feuchtigkeit. Aber auf der anderen Seite ist er nicht angekommen. Und Maatje wartet noch immer auf ihn und wird noch lange warten müssen – sehr lange. Sie hat Rum. Aber kein Boie wird kommen, um ihn sich in die durstige, nebelfeuchte Kehle hinunterzugießen ...«

Der Nebel hatte sich verzogen, und der Mond stand ganz warm und gelb über dem Meer und spiegelte sich auf den schwarzen Wellen. Boie stand bis an die Brust im Wasser und stopfte sich die fünfte Pfeife mit großen, klammen Händen.

»Du hast es gut da oben«, sagte er und blies dem Mond eine lange, dünne Rauchwolke unter die Nase. »Du hast es trocken. Wenn du wüßtest, wie kalt und naß es mir an den Beinen ist, würdest du dich schön wundern . . .«

Der Mond schwieg. Er stand ganz still am Himmel, wie ein Schiff, das angekommen ist. Und auch Boie war wie ein Schiff, das angekommen ist. Das dunkle Wasser plätscherte und gluckste, und die Wellen schlugen noch manchmal an ihm hoch, so daß ihm die Spritzer zum Kragen hereinliefen. Aber die Strömung stand still, und die bleichen Schaumflecken auf dem Wasser trieben nicht mehr an ihm vorüber, sondern schwankten leise auf den müden, dunklen Wellen. Boie sog an seiner Pfeife. Ganz in der Ferne sah er einen schmalen, schwarzen Streifen über dem Wasser. Das war Amrum. Und ein kleines, ruhiges Licht. Das war das Fenster bei Bürgermeister Mungard.

Ich möchte wissen, was sie dort machen, so spät in der Nacht, dachte Boie. Die sitzen sicher am warmen Ofen und trinken heißen Tee. Und vielleicht sogar noch einen Schuß Rum dazu. »He! – Du da oben!« rief er dann laut, und blies dem Mond eine große dicke Tabakwolke unter die Nase. »Jetzt einen ordentlichen heißen Tee und einen ordentlichen steifen Schuß Rum dazu, von dem besten, wie Maatje ihn zu Hause im Küchenschrank stehen hat . . . was würdest du dazu sagen?«

»Ich bin im Dienst«, sagte der Mond.

»Ich weiß«, sagte Boie Jepsen. »Du machst die Flut. Aber gesetzt den Fall . . .«

Wieder spritzte ihm eine Welle ins Gesicht, und beinahe wäre ihm die Pfeife ausgegangen. Er schüttelte sich und spuckte das Salzwasser aus, das ihm in den Mund gedrungen war. – Die schmalen, hellen Schaumkronen um ihn herum gerieten wieder in Bewegung, und das Wasser begann von neuem und heftiger gegen ihn anzudrängen.

»Halt dich gut fest«, sagte der Mond. »Jetzt mache ich Ebbe!«

Maatje zuckte zusammen, als die Uhr aus dem Wohnzimmer des Bürgermeisters schlug. Sie zählte die Schläge. Vier Uhr. Sie stand auf und war ganz benommen und durchgefroren. – Der Bürgermeister saß am Schreibtisch, hatte den Kopf auf die Arme gelegt und schlief. Hin und wieder röchelte er unruhig. – Draußen vor der Tür war es still. Die Leute hatten sich verlaufen. Maatje schauderte und schlug das große, dunkle Umhängetuch fester um sich. Dann ging sie auf Zehenspitzen an die Tür, öffnete sie vorsichtig und trat auf die Straße. Der Mond schien, und der Himmel war klar. Sie ging hastig über den knirschenden Sand der Dorfstraße und durch das taufeuchte Gras, das im Mondlicht glitzerte, nach Hause. Dort zündete sie, immer noch frierend, die Petroleumlampe an, kratzte die alte Asche aus dem Herd und begann ein Feuer zu machen. – Als die Flammen im Herd aufloderten, setzte sie einen Kessel mit Wasser auf und ließ sich erschöpft auf einen Stuhl neben dem Feuer fallen. Sie blickte vor sich hin auf den blanken Fußboden und hörte das knatternde, hitzige Geräusch, mit dem die Flammen in den Kamin schlugen. Als die Uhr halb fünf schlug, dachte sie: Um fünf muß er sein Frühstück haben. – Einen Augenblick lang war ihr, als sei es wie immer. Als läge Boie im Bett und sie sei schon aufgestanden, um das Frühstück zu machen. Ja, sie glaubte sogar, seine Atemzüge zu hören. – Verwirrt sprang sie auf und lief mit klopfendem Herzen ins Schlafzimmer. Aber da war niemand. Das Bett stand leer, die Decke war unordentlich hochgeschlagen, so wie sie es verlassen hatte. Ihr Herz krampfte sich vor plötzlichem Schmerz, und sie preßte die Hand gegen den Mund, um nicht laut aufzuschreien. – Als sie in die Küche zurückkam, ging die Tür auf, und Boie Jepsen, der lange Boie, Boie, – stand vor ihr.

»Guten Tag«, sagte er. »Du siehst mich ja an, als sei ich ein Gespenst!«

Sie stand kreideweiß da und brachte kein Wort hervor.

»Du lebst . . .«, sagte sie dann leise.

Boie lachte, obwohl er vor Kälte am ganzen Leib zitterte, und trat an den Herd. Er war von oben bis unten naß und hinterließ eine lange Tropfenspur auf dem gescheuerten Fußboden. »Wasser hast du auch schon aufgesetzt?« sagte er. »Das ist gut, Maatje.«

Er nahm die Mütze ab und warf ihr das Päckchen Tee zu. Es prallte gegen die Brust und fiel auf den Fußboden.

»Tee?«

Sie bückte sich hastig und hob es auf.

»Zieh dir anderes Zeug an, Boie«, sagte sie und ging an den Küchenschrank. »Hier ist Rum.« – Sie goß ihm ein Glas ein. »Ich mache dir sofort eine Kanne heißen Tee.«

Später stand Boie in warmen, trockenen Kleidern vor der Haustür. Es war sternklar, und im Licht des Mondes funkelte das taufeuchte Gras wie Silber.

»Prost«, sagte Boie Jepsen und hob seine dampfende Tasse gegen den Himmel.

»Mit wem redest du?« fragte Maatje.

Aber Boie hörte sie nicht.

Jan Herchenröder

EIN WRACK VOR AMRUM

Der Wind orgelte vor der Küste in Riesenpfeifen, dazwischen pfiff es kurz und hell, doch die Grundmelodie war mächtiges Brandungsbrausen und Dröhnen, das von Südwesten kommend den Strand überfiel. Der Regen peitschte waagrecht in die Dünen, daß sich der Strandhafer duckte, die Flut fetzte gelben Gischt auf den Sand und rollte schwer zurück.

Das Feuer des Leuchtturms erstickte in der dunklen Wasserwand des Regens, doch wen galt es schon zu warnen in dieser dritten Nacht der wilden Träume und der Hoffnungslosigkeit. Ein Schiff, das näher als zehn Meilen kam, mußte entweder auf den Bänken vor der Insel oder unter ihrer Düne stranden und im Sturm zerbrechen. Wer jetzt erst das Feuer sah von einem Ruderhaus, dem halfen nicht Radar noch Echolot, er war mit Crew und Fracht dem Untergang geweiht. Die See kochte kalt und unbarmherzig, die Fischkutter waren schon seit Tagen nicht ausgefahren, niemand funkte SOS, es herrschte tintenschwarzes November-Chaos.

Der dritten Nacht folgte zur Tidenwende nach dem altgewohnten Rhythmus ein milchiger Morgen bei abflauendem Wetter, doch immer noch rollte draußen hoch die Dünung, die sich erst in der Kimm zu verlieren schien, träge, beruhigt, satt. Der Regen hatte aufgehört, und als die Sonne den Dunst durchbrach, sprühten die Wellenkämme im Silberlicht, schwarze Wolken jagten nach Nordost, von einem hellen Rand umsäumt, die Brandung war erfüllt von einem monotonen Sausen, Abgesang des Sturmes.

Der Leuchtturmwärter Ode Lorenzen hatte Frühschicht.

Er zog die Gummistiefel aus, öffnete den Anorak und nahm die leichten Bordschuhe. Obwohl seit Jahren mit ihnen vertraut, schritt er schweren Atems die Stufen zu dem 68 Meter hohen Turm empor, wobei er manchmal stehenblieb, bis sich das 59 Jahre alte Herz beruhigte. Er war mit seinen 1,88 Meter zu groß gewachsen und ging leicht vornübergebeugt. Nur wenn er angesprochen wurde, reckte er sich, schnaufte leise und sah mit unbeteiligten Augen auf den Partner. Sein Routineaufstieg führte ihn zu den Spiegelanlagen und zu den Meßgeräten, die die gleichen Werte anzeigten wie die in den Gebäuden am Fuß des Leuchtturms, mit Ausnahme der Windstärke, die oben 1,5 schwankende Beaufort mehr aufwies, SSW 6-7; die Temperatur betrug 6,5 Grad, relative Luftfeuchtigkeit 92 Prozent, Barometer steigend.

Als Ode Lorenzen nach Norden über den Kniepsand blickte, sah er das Wrack. Er sah durch das Glas einen graugestrichenen Frachter, kaum größer als ein Kümo mit vielleicht knappen 800 Bruttoregistertonnen, niedrigem Mast, der schräg gegen den aufklarenden Himmel stand, das Vorschiff hatte parallel zur Buglinie einen Leckriß, der sich zum Sand hin verjüngte. Er mochte entstanden sein, als das Schiff, von einer hohen Woge getragen, die dann gurgelnd zurückrollte, hart auf den Grund setzte. Kein Mensch war zu sehen. Auf dem nassen Sand, umgeben von angeschwemmten Muscheln und Tanggeschling, erinnerte der Frachter mit seiner grauen Farbe an ein kleines Kriegsschiff, das nach einer weitab beschlossenen Waffenruhe vergessen worden war. Es lag regungslos auf verlorenem Posten, fern der Flut, ein neues Opfer der uralten Nordseeregeln. Ob Tanker, Fährschiff oder Trawler - der Sturm jagt seine tonnenschweren Brecher über Bug und Heck, führt sie in einem Riesenlift nach oben und drückt sie dann ins tiefe Wellental. Das sind die Stunden, in denen beim Radar fluoreszierende Flecken auf dem schwarzen Schirm tanzen, von denen niemand weiß, was sie bedeuten, ob Wassermassen oder ein anderes Schiff, das hart an Backbord mit der See kämpft, es sind die Stunden, in denen die schwere Schraube sekundenlang in freier Luft ohne Widerstand in rasenden Umdrehungen rotiert, es sind die Stunden, in denen das Klingeln vom Maschinentelegrafen sich im Geheul der See verliert und der Hebel auf »Full Speed« nichts mehr bewirken kann.

Ode Lorenzen griff zum Telefon und gab eine Meldung durch. An den Strandvogt, den Polizeiposten, die Gemeinde und den Zoll. Dann stieg er wieder die vielen Stufen hinab, erleichtert und mit freiem Atem. Unten unterrichtete er die beiden dienstfreien Kollegen Nanning Ide und Ernst Brodersen. Die nickten nur, zogen ihre wattierten Windblusen an und machten sich auf den Weg. Ide hatte mit seinen 45 Jahren noch die Figur eines Tänzers. Ihm machte es keine Mühe, den Turm zu besteigen. Er trug ein schwarzes Bärtchen – ein auf die Insel verirrter Figaro, der gleichwohl auf eine lange Reihe friesischer Ahnen verweisen konnte, wobei jedoch zu vermuten war, daß sie Ende des 17. Jahrhunderts mit einem hierher verschlagenen Schiffbrüchigen aus einem südlichen Land begonnen hatte. Brodersen war ein ganz anderer Typ. Auch er war nicht groß, doch hatte er breite Schultern und einen Rundkopf mit fleischiger Nase, keinen Flinkblick wie der dunkeläugige Ide, sondern ruhige und freundliche Augen sowie einen rötlichblonden Haarkranz um die Glatze, die er beim Gang über den Strand mit einer Schiffermütze gegen den Wind schützte.

Bald herrschte Leben um das Wrack, erweckt durch die alte

Verlockung Strandgut, auch wenn nicht mehr das einfache frühere Inselgesetz galt, nachdem jeder sich nehmen durfte, was er gerade fand. Die amtlichen Untersuchungen hätten einen üblichen Verlauf genommen, wie immer, wenn ein Schiff antrieb – was an dieser Stelle allerdings seit vielen Jahren nicht mehr geschehen war – wenn nicht die Strandung durch eine Besonderheit sich ausgezeichnet hätte, die jeden Küstenbewohner und nicht nur die Amtspersonen faszinierte: Das Schiff hatte keinen Namen. Wo sich die Schilder befunden hatten, zeigten zollbreite Schraubenlöcher, sowohl am Heck wie beiderseits des Stevens. Es gab auch keine Mannschaft – weder auf das Klopfen an die Wanten noch auf lautes Rufen erfolgte eine Antwort.

Gerret Stoltherfang, ein junger Oberwachtmeister, der aus Niebüll zur Insel versetzt worden war, wandte sich an den Strandvogt und den Zollbeamten: »Hier können nur die Schiffspapiere helfen.« Der Bürgermeister sagte beiläufig: »Wenn Sie welche finden.« Der Polizist zog unwillkürlich seine Uniform glatt und versuchte, die faltenlose Stirn zu runzeln: »Das wäre ja noch schöner!«

Wer sich von der Aufregung nicht anstecken, nicht schrekken ließ, waren die Vögel. Nicht weit vom Wrack stolzierten die Austernfischer über den Sand, die Sichelstrandläufer pickten in den Muscheln, noch mit brauner Unterseite, ohne weiße Winterfedern, und eine Schar Lachmöwen untersuchte den Tang.

Neben dem Wrack verlief eine schmale, doch tief eingedrückte Schleifspur zur See, unschwer auszumachen als die Kielspur eines Bootes, die zu beiden Seiten von je einem dünneren Streifen begleitet war. Daneben liefen Fußspuren. Nanning Ide kniff eines seiner Augen zusammen, schlug in die

Hände und sagte zu dem Polizisten: »Die Männer zogen das Motorboot hinter sich her, denn sonst hätten die Fußstapfen die Kielspur zertreten müssen. Es handelt sich offenbar um ein Motorboot mit zwei nebeneinander angebrachten Schrauben. Bauen nicht die Holländer so etwas? Das wäre doch ein Hinweis.« Der Polizist zog erneut die Jacke glatt. »Möglich. Da Sie schon hier sind - könnten Sie bei meiner Behörde in Niebüll anrufen? Ihr Telefon ist das nächste. Später melde ich mich selbst.«

Sie kletterten von der Backbordseite, die tiefer lag, auf das Wrack: der Polizist, der Bürgermeister, der Vogt, der Mann vom Zoll und Brodersen. Die übrigen Einwohner, neugierig und zugleich gelassen, blieben unten. Der Morgen war heller geworden und ungewöhnlich warm für einen Novembertag. Das Sausen und Zischen auf See ließ nach, im Südwesten schien eine milde Sonne, deren Strahlen sich auf dem Wasser brachen. Philine Georgen, die Hebamme, lockerte ihr selbstgestricktes Kopftuch, schüttelte die kurzgeschnittenen Haare und sagte zu ihrem Nachbarn, dem Gemischtwarenhändler Volkert Boysen: »Du kannst man denken, was du willst, Boysen, in diesem Schiff ist kein Glück in.« Der Kaufmann schüttelte langsam den Kopf: »Ich denk' überhaupt nix, Philine, ich warte.«

Der Bürgermeister hatte recht: Weder in der sorgsam geräumten Kapitänskajüte noch auf der Kommandobrücke oder an einer anderen Stelle waren die Schiffspapiere zu finden. Und alle Hinweise auf den Namen des Schiffes waren auch innen beseitigt worden, weggekratzt, weggeschnitten, abgeschraubt. »Das muß schon vor der Strandung vorbereitet gewesen sein«, meinte der Oberwachtmeister, »für alle Fälle. Aber was, verdammt noch mal, haben die geschmuggelt:

Schnaps, Zigaretten oder beides?« Der Mann vom Zoll zündete sich eine Zigarette an. »Das lohnt nicht recht auf einem solchen Pott. Es muß etwas anderes dahinterstecken.«

Im ersten Laderaum fanden sie prall gefüllte Getreidesäcke, von einem erfahrenen Mann gestaut. Eine Probe ergab normale Weizenkörner, nicht angegriffen von der Nässe, unverquollen und trocken lagen sie auf der Hand. Der Polizist griff nach einem Sack. »Wer hilft?« Das tat zunächst keiner. Erst als auf Brodersens Vorschlag Verstärkung von draußen geholt wurde und zwei Planken als Gleitschinen vom Schiff zum Boden dienten, gelangten die Säcke auf den Strand.

Endlich stießen sie auf das Verborgene, Ungewöhnliche. Es waren längliche Kisten unter den Säcken. »Die sehen aus wie Särge«, meinte der Strandvogt. Es waren keine Särge, aber die Kisten bargen die Voraussetzung für Sarginhalte. Als sie die erste aufbrachen, lagen, gut gefettet und von Ölpappe umgeben, die Teile von zwei Dutzend Beretta-Maschinenpistolen neben- und übereinander, in einer anderen Kiste befanden sich Schnellfeuergewehre und in einer weiteren Munition. Es waren viele Kisten, ausreichend um eine Kompanie, wenn nicht gar ein Bataillon auszurüsten.

»Ich glaube, das genügt vorerst«, sagte der Oberwachtmeister. Sein Gesicht glühte, er freute sich über den Fund.

Nach einer Stunde Abwesenheit kehrte Nanning Ide zurück. Er kletterte an Bord und wandte sich an den Polizisten. »Die Niebüller wollen selbst kommen«, berichtete er, »Sie brauchen also nicht erst noch mal Meldung zu erstatten.« Stoltherfangs Freude verflog. »Danke für den überflüssigen Ratschlag und Ihre Mühe. Die Untersuchung hätte ich auch allein abschließen können mit dem Zoll. Der Fall ist ganz klar, es geht um Waffenschmuggel. Hier liegen 50 Kisten mit

Waffen von der Pistole bis zum leichten Granatwerfer.«

»Es fragt sich nur, wer sie bekommen sollte«, warf der Leuchtturmwärter ein. Er lächelte. »Die Rettungsflöße stammen jedenfalls aus Rotterdam.«

Der Oberwachtmeister schüttelte den Kopf. »Als ob nicht jede Reederei aus Hongkong, Singapur oder meinethalben auch aus Hamburg in Rotterdam die Flöße kaufen könnte. Das besagt gar nichts.« Der Leuchtturmwärter ließ nicht lokker. »Schon, schon. Aber haben Sie darauf geachtet, was auf einer Planke an Steuerbord im zweiten Laderaum eingebrannt steht? Ich habe es mir vorhin angesehen. Man stolpert förmlich darüber. Dort steht ›Bovensiepen & Cander‹, das ist die bekannte Werft in Rotterdam. Wenn Sie das alles zusammenzählen, den Schiffsbau, die Rettungsflöße und das verschwundene holländische Motorboot – was bleibt dann nach?«

Der Oberwachtmeister wurde ein wenig lauter, so daß ihn auch die Männer draußen hörten, die die Säcke aufreihten und die Kisten auf dem Strand niederlegten. »Sie verhinderter Kriminalist – das alles habe ich längst registriert!« Der Bürgermeister und die anderen Männer an Bord wußten, daß dies nicht stimmte, denn keiner von ihnen hatte den Werfthinweis bemerkt, aber sie schwiegen.

Um den Frachter wurde es noch lebhafter. Die Kunde von der merkwürdigen Ladung hatte sich schnell verbreitet.

Außer dem Getreide und den Waffen befanden sich Teile einer kleinen Druckereiausrüstung einschließlich einer Setzmaschine, einige Tonnen Papier und mehrere Kisten mit festem Drillichzeug an Bord.

Es war nun ein Tag wie im Mai, auch wenn die Sonne nicht hoch stand, ruhig und smaragdfarben mit weißen Schaumkronen kam das Wasser mit der auflaufenden Flut zurück, der feuchte Strand begann zu leuchten, es roch nach Tang und Teer. Da kam eine Frau mit wehendem schwarzen Rock von der hohen Düne gelaufen und winkte. Auch rief sie etwas, das niemand verstand, sie blieb einen Augenblick stehen und winkte erneut wie eine Insel-Kassandra. Doch war es frohe Botschaft. Als sie endlich bei den Leuten angekommen war und sich verschnaufend auf den Arm von Kaufmann Boysen stützte, rief sie: »Philine, komm schnell, bei Anke Knudsen ist es soweit! Die Wehen werden schon kürzer, und der Doktor ist heute in Husum. Peter steht oben mit dem Wagen, er nimmt dich mit.« Die Hebamme nickte, band ihr Kopftuch fest und eilte über den Strand. Sie trug Hosen und kam deshalb schneller voran als die Botin, die bei dem Wrack blieb. »Philine hätte man im Dorf bleiben sollen«, sagte sie. »Sie weiß doch – wenn die Flut kommt, kommen die Kinder.«

Kurz vor Mittag traf das Polizeikommando mit einem hohen Zollbeamten aus Niebüll ein. Ein Oberrat ließ sich von Stoltherfang berichten, was inzwischen ermittelt worden war. Dann begab er sich mit zwei Männern an Bord, wobei das Schiff zum drittenmal untersucht wurde. Auch sie fanden nichts Neues, und so kehrten sie auf den Strand zurück, wo der Oberrat laut und offiziell die Ladung für beschlagnahmt erklärte und einen Mann zur Bewachung abstellte, worauf die Umstehenden zu murren begannen. Der Gemischtwarenhändler sagte: »Schließlich sind wir ehrliche Leute«, worauf Nanning Ides Bärtchen wieder einmal zu zucken begann, als er hinzufügte: »Aber wir sind Nachfahren!« Keiner fragte, was er damit meinte, sie wußten es auch so. Noch Ende des 18. Jahrhunderts hatten Piraten im Süden der Insel durch Leuchtzeichen Schiffe anzulocken versucht, um sie nach der Strandung auszuplündern. Das hatten sie von den Hörnumern auf Sylt gelernt.

Als später in Wittdün ein schriftliches Protokoll angefertigt wurde, war zum Ärger des Oberwachtmeisters auch Nanning Ide zugegen. Der Oberrat faßte zusammen: Der Frachter war in den Niederlanden gebaut und hatte Waffen an Bord, die mit der übrigen Ladung darauf schließen ließen, daß irgendeine illegale Einheit ausgerüstet werden sollte. Mit der Druckerei konnte Propagandamaterial hergestellt werden, das Drillichzeug sollte vielleicht als Uniform dienen. Ein europäischer Staat kam kaum in Frage, denn dies hätte eine große Organisation vorausgesetzt, die wohl nicht unbemerkt geblieben wäre.

»Und was vermuten Sie?« fragte der Oberrat, sich an Nanning Ide wendend. »Das ist eine harte Nuß«, entgegnete der Leuchtturmwärter. »Die Waffen können von einem Händler in Nordeuropa gekauft worden sein. Auf keinem Fall dürfte es sich bei dem Kapitän und seinem Steuermann um Holländer handeln, denn die kennen die Nordsee zu gut, um so dicht unter der Insel zu fahren. Das in Rotterdam gebaute Schiff hatte also vermutlich eine fremde Besatzung. Aber woher kam es ... und wie hieß das Ziel ... und wo mag das Motorboot mit der Besatzung abgeblieben sein?«

Darauf gab es zunächst keine Antwort. Doch zwei Wochen später trieben auf der Wattseite bei Munkmarsch vor Sylt Reste eines Bootes an, die bei ablaufendem Wasser liegenblieben. Zwei Männer wateten hinaus und lasen am eingedrückten Bug den Namen »Maja Larsen«, darunter war als Hafen Esbjerg angegeben. Das Boot wies unzählige Risse auf, es lag kieloben und hatte keinen Mast, ein kleiner Motor, der sich in der Mitte befunden haben mußte, war offenbar aus der Halterung gerissen worden.

Aus Lloyd's-Register ergab sich, daß ein Frachter »Maja Larsen«, 890 BRT, erbaut in Rotterdam, Heimathafen

Esbjerg, im Auftrag eines unbekannten Reeders aus Puerto Cortés in Honduras unter panamesischer Flagge gefahren war. Bei seiner letzten Reise hatte sich das Schiff auf der Fahrt von Stavanger nach Tampico befunden. Wahrscheinlich sollten vor der Atlantiküberquerung noch in einem europäischen Hafen irgendwelche Waren gelöscht werden. Aber wo? Das wurde nie aufgeklärt, die Mannschaft, die mit dem Motorboot zu fliehen versucht hatte, blieb verschollen. Die Nordsee gab auch dieses Geheimnis nicht preis. Und von dem hohen Leuchtturm wies das Feuer weiterhin den Seeleuten den Weg, den Gerechten wie den Ungerechten ...

Hans Leip

GESPENST IM NEBEL

Es waren schon ein paar warme Tage gewesen, und dann war es wieder kühl. Die munteren Dünste, von der Sonne schräg aus den nassen Wiesen, dem Watt und der See gesogen, krochen zusammen und rollten graugelb wie unordentliche Wülste Schafwolle über die Priele. Ein paar Fischer lagen draußen hinterm »Hundeloch« und hofften, ein bißchen Südost solle auffrischen und es sichtiger blasen. Einer aber konnte es nicht abwarten, ging ankerauf und seilte gegen Mittag los, als das Wasser hoch war, kam aber mit vollem Motor bald zurück und preite die anderen an; sein Junge sei über Bord gefallen. Da nahmen sie alle die Beiboote und suchten den ganzen Tag im dicken, stinkigen Nebel an den Schlicksänden entlang. Aber sie fanden die Leiche nicht. Die Ebbe hatte sie wohl mit in die See genommen.

Den Abend klarte es auf, und der Kutter, der das Unglück gehabt hatte, setzte Segel und rutschte mit der Flut heim nach Friedrichskoog, und schon am andern Morgen stand es im Marner Blatt, das von dem Ertrunkenen, und darunter stand das Inserat des Fischers, daß er einen neuen Jungen suche. Der kam denn auch gegen Klock zehn an Bord mit seiner weinenden Mutter, und um elf bei günstiger Tide und prächtig hellem Wetter warf man die Leinen vom Hafendamm los und fuhr wieder davon, um das Geschäft nicht allzulange zu unterbrechen und um die Kosten wieder einzuholen.

Zu Mittag mußte der Junge Graupen kochen, die allgemein »Scheeben Wind« heißen. Er kochte sie dem Schiffer zu pampsig, und der prophezeite dem armen Bengel handgreiflich nichts Gutes für seine Seefahrt und Laufbahn. Pech klebt an Pech, und so hatten sie eben eine Kumme Kaffee zum Nachspülen genossen, da wurde es wieder diesig und bald so dick, daß sie ihre Pantoffeln an den Füßen nicht mehr sehen konnten und Anker werfen mußten. Der Schiffer fluchte, klopfte die Pfeife aus und haute sich in die Koje. Er hatte noch Schlaf zugute. Der Junge mußte oben bleiben. Weitere Mannschaft war ja nicht an Bord. Er hatte strenge Weisung, der Junge, seinen Schiffer nicht vor anständiger Sicht zu wecken, und hatte zweierlei zu tun: Erstens mußte er alle Minute mit einem alten Belegnagel an eine rostige Eisenplatte klopfen, die da frei am Backstag hing und einen durchdringenden Ton abgab. Das war das Warnungssignal für andere Boote, um bei dem Nebel einen Zusammenstoß zu vermeiden. Zweitens sollte er ab und an die Ankerkette einen Faden weiter ausstecken, um bei dem ablaufenden Wasser den Kutter im Strom zu halten. Er tat beides mit zitterndem Eifer. Er war nur ein schmächtiger Knabe, frisch von der Konfirmation, und hatte nicht Schuster werden wollen wie sein Vater, sondern Seemann. Er hatte immer von der hübschen blauen See geträumt mit Wogenkämmen weiß wie Milchschaum, weiß wie ungebärdige Schimmelhengste, darauf Rasmus reitet, der Nordseewind. Nie hatte er wie andere Knaben mit ihren Fischervätern auf See mitgedurft. Er hatte sich am Ausguck vom Vorland genügen lassen sollen, aber es hatte ihm nicht genügt. Nun war er denn ja auf See. Und nun war da dieser alte hustige Drecknebel. Dahinter lag wahrscheinlich die Insel Trischen und ein bißchen weiter längs England und noch ein bißchen weiter Amerika. Dahin wollte er bei nächster Gelegenheit auskneifen und was werden, Hotelboy, Goldsucher, Ölfeldermillionär. Das Leben des Seemannes mit Graupenkochen, Ohrfeigen, Nebelsignalen und Ketteausstecken schien ihm nicht das, was er sich noch vor wenigen Stunden davon versprochen hatte. Anderen Leuten jedoch das Leder versohlen wie sein Vater, das allerdings war ihm auch von einem neugewonnenen und leicht bitteren Standpunkt aus nicht verlockender als vorher. Dann steckte er doch noch lieber fleißig von der ekligen, naß rostigen und fingerzerreibenden Kette aus. Gewiß, der Schiffer hatte ihn wegen der Graupen vermöbelt. Das nächste Mal würde er die Mischung 'raushaben. Morgen nun sollte es Erbsen geben, grün, ungeschält mit Speck. Ihm wurde schwer ums Herz. Nun war wieder das Nebelgebimmel fällig. Und nun wieder die Kette. Es ging schon ganz gut. Auf einmal war die Ankerkette fast zu Ende. Der Krampen, der ihr letztes Glied am Schiff festhielt, war mächtig dünn geschliffen. Oho, der Junge sah es wohl. Er ließ den Stopper ins Zahnrad fallen, aber das Spill war zu flott in Gang, der eiserne Stopperzapfen prallte ab, flutsch, rauschte die Kette aus, der Krampen barst weg, als hätte der Teufel seinen Finger dran gewetzt, und die Kette schoß wie ein Katerschwanz durchs Gatt in den Nebel und ins Wasser und war weg. Es war geradezu, als habe jemand mit Gewalt sie hinabgerissen. Der Junge mußte plötzlich an den Ertrunkenen denken. Hatte der sich etwa wieder an Bord ziehen wollen, um ihn vom Platz zu stoßen? Ihm wurde gräsig. Er nahm sich zusammen. Längst mußte wieder eine Minute um sein. Dengelenge – beng – beng! knallte er den Belegnagel gegen die Glokkenplatte.

Der Kutter lag so schön still, deuchte ihm, was brauchte man einen Anker. Den würde man schon wiederkriegen, tief war es hier sicher nicht. Er pekte mit dem langen Haken ins Wasser, das man nicht sah, das man nur fühlen und hören konnte. Es war doch zu tief. Der Haken, im Nebel sich gleichsam auflösend wie eine Zuckerstange, erreichte keinen Grund. Was nun? Man hätte ins Boot müssen, aber dazu war jetzt keine Zeit wegen des Nebelsignals. Auch fürchtete er, bei weiteren Angelversuchen womöglich einen Leichnam herauszufischen. Den Schiffer zu wecken, wagte er nicht. Sein Gesicht brannte noch von den Maulschellen, und die Luft war ja ringsum noch immer dick wie ein Sack. Dengeleng - beng - beng!

Der Kutter aber dachte gar nicht daran, stillzuliegen. Sachte, sachte schob er sich mit der starken Ebbströmung von dannen, an Trischen vorbei und durch das Falsche Tief, wie es dort heißt.

Der Junge merkte nichts von der Fahrt. Wie eine grauverstaubte Käseglocke war die Welt über ihn gestülpt. Nach dem Kompaß zu sehen, dazu war er nicht beauftragt; er verstand auch noch nichts davon. Manchmal brachen Vögel durch den Dampf, erschreckten ihn, riefen schrill und verschwanden wie weiße Fäden in grauem Tuch. Auch sah er einen Augenzwink lang Masten und Rümpfe der ankernden Flotte; sie glitten vorbei, riesenhaft unter der Lupe des Nebels, glatter Spuk mit scheinbarem Kurs auf Friedrichskoog, wo er zu Hause war und es schön warm und gemütlich hätte haben können auf einem runden Schusterschemel. Danach vernahm er die Heulboje, die vor Buschsand liegt. Es klang grausig, wie jammernde Hilferufe. Er sagte sich tapfer, das könne der Ertrunkene unmöglich sein, vielleicht waren es Seehunde, vielleicht eine Heulboje. Daß es dergleichen gab, hatte er gehört. Und wenn es ein Mensch sei, helfen würde ihm doch keiner können in diesem verfluchten Nebel. Und wie ekelhaft dieser Nebel dunstete, richtig nach Verwesung.

Er hatte den Jungen, der tags vorher ertrunken war, gut gekannt. Sie waren aus derselben Schulklasse. Und der andere hatte gleich Seemann werden dürfen, er aber erst auf das Inserat hin. Der andere war ziemlich dickfellig in der Schule gewesen, oft hatte er über seine dummen Antworten gelacht. Vielleicht war es Unrecht gewesen zu lachen. Aber nun war es zu spät zum Abbitten. Und warum auch? Wer etwas weiß, soll sich freuen, und wer dumm ist, muß sich Spott gefallen lassen. Das hatte der Lehrer gesagt. Und daß sich etwa einer noch im Tode rächen könne, das durfte sich ein vernünftiger Mensch nicht einbilden.

Solcherlei hübsche nüchterne Überlegungen, eines seebefahrenen Mannes würdig, wollten auf die Dauer jedoch nicht viel nützen. Er war ja noch so klein, der Junge auf dem umnebelten, heimtückisch treibenden Fischkutter, er war eben vierzehn. Die Heulboje jammerte nun achteraus. Es war wirklich grausig. Er stand nunmehr in Schweiß frierend da, klammerte sich ans Stag, halb tot vor Angst. Und der Minutenabstand wurde immer kürzer, und während er mit dem großen schwarzen runden Eisennagel auf die Signalplatte hämmerte, schluchzte er: Ich bitte dir ab! Ich bitte dir ab!

Inzwischen lief der Kutter mit einsetzender Flutwelle die Norderpiepen hinauf gen Büsum, geriet bei Tertius-Sand sachte auf Grund und blieb da sitzen. Der Junge im Nebel ahnte nichts davon. Die Heulboje lag nun weit weg, ihr Seufzen war verweht. Der Junge atmete auf. Er hat mir vergeben! sagte er und faltete die mageren Hände für eine Minute Signalpause. Und da, wie ein himmlisches Zeichen sah er auf einmal die Sonne; sie stand schon tief und hing wie eine Blase Schmalz im Nordseequalm geradewegs an der glasig verschwimmenden Klüverspitze. Nun mochte kommen, was wollte; mochte der Schiffer ihm das Fell verbläuen, er wollte es freudig als Buße hinnehmen. Die Luft wurde immer dünner, das Wasser rispelte lebhafter, ein Hauch Brise tat sich auf, in Süd erblitzte ein Strich silberner See. Nur gen Norden lag der Dunst noch dick wie Milchglas.

Jetzt wecke ich ihn! schluckte der Junge gefaßt. Doch kaum hatte er Kurs auf die Logisluke zu genommen, da fuhr er wieder zusammen. Wieder hatte er das entsetzliche Jammern gehört. Es ist bestimmt eine Heulboje! sagte er tapfer zu sich. Er war vor Erschöpfung ein wenig abgestumpft, zum Umfallen müde, auch hungrig und durstig und ganz durchfeuchtet von Nebel und Schweiß. Aber klang es denn nun nicht wirklich ganz deutlich wie ein weinerliches menschliches »Hölfe! Hölfe!«? Es kam aus Nord, wo es noch unsichtig war. Er schleppte sich ans Signal zurück, trommelte wie besessen darauf los, um den Schabernack zu übertönen. Und siehe da, als sein Arm erlahmte, war alles wieder still. Da lächelte er. Ein Gefühl von Triumpf schlich ihn an, genau wie in der Schule, wenn der andere einen richtigen Blödsinn verzapft und er dann mit seiner Antwort ihn gänzlich zugedeckt hatte. Aber plötzlich wurden seine Augen stier wie Fischaugen, seine Füße versagten den Dienst. Auf Backbord, woher das Gejammer gekommen war, bewegte sich eine ungeheure Gestalt im Nebel und kam auf das Schiff zu und wandelte über das Wasser und sah dem Ertrunkenen ähnlich und kam näher, taumelnd, schlenkernd, gräßlich wie der Tod, den er einmal in einer Kasperbude auf dem Marner Markt gesehen. Da wußte er, was seine Mutter gemeint hatte, als sie weinte und sagte: »Op See, dor is de Dood!« Er wich zurück; kein Schrei brach aus seiner Kehle, seine Hacken stießen rücklings an die Bordschanze, er schlug hintüber, und obwohl das Wasser hier nur flach war, regte er kein Glied vor Entsetzen und ertrank, und die See deckte ihn zu.

Von der anderen Seite kam das Gespenst und schrumpfte zusammen und schlotterte über den platten Tertius-Sand, ein armer klappernder Knabe, derselbe, der den Tag vorher auf den glitschigen Planken ausgerutscht und über Bord gefallen war. Er hatte sich an einem treibenden Fischkorb gehalten. Die Strömung hatte ihn denselben Weg geführt wie den

Kutter und bis Tertius-Sand, wo er Grund gefühlt hatte und aufs Trockene gelangt und hingesunken war. Dann hatte er sich gesammelt, war bis zur Bake gekrochen und hatte Kraft gefunden, die steilen Sprossen hinaufzuklettern und vom Wasser und Zwieback zu genießen dort in der Hütte für Schiffbrüchige, die der Sturmfluten und Brandung wegen so hoch im Gebälk hängt. Er war erhalten geblieben, hatte anderntags die Nebelsignale gehört, war dem Klange nachgetorkelt und wie ein Wunder wieder an seinen alten Kutter gekommen.

Als der Schiffer endlich ausgeschlafen hatte und an Deck klüste, saß da jener Junge, den er in vergangener Nacht als geblieben gemeldet hatte, und anfangs glaubte auch er an ein Gespenst. Dann aber machte er seinem Ingrimm Luft, er könne keine zwei Jungen an Bord gebrauchen, und das Geld für das Inserat sei gänzlich weggeschmissen. Als jedoch der zweite Junge nicht aufzufinden war, ernüchterte er sich einigermaßen, was aber nur von kurzer Dauer war, konnte ihm doch der Standort des Schiffes und der Verlust des Ankers nebst Kette nicht lange verborgen bleiben.

Er begann wieder zu toben, brach aber unvermittelt ab, da ein frostiger Schauer sein küstengehärtetes Herz überschlich. Der Hergang schien ihm jählings nebelhaft. Ihm war unheimlich. Er ging ins Logis und nahm einen Schluck. Und mit Unbehagen dachte er an das Gewimmer, das die Mutter des Schustersohnes nicht unterlassen würde, während die des Wiedergekehrten aus alter, leidgewohnter Seemannsfamilie stammte und ihren Schmerz stumm mit in die Kammer genommen hatte.

Gewiß, der Schusterjunge war nicht ungefällig gewesen. Auf See fängt jeder als Tollpatsch an. Aber der Graupenpamps lag dem Schiffer noch im Gedärm, und das verlorene Ankergeschirr war ein Schaden, daran lange zu knacken sein würde.

Das dämpfte jede Rührseligkeit. Der Schiffer nahm die Kömflasche nochmals unter die Nase, und danach polterte er wieder auf Deck, und das Jackvoll, das dem andern zugedacht war, bezog nun der Wiederkehrer, und der ließ es geduldig über sich ergehen, weil es immerhin zu seiner Erwärmung beitrug, und weil das Leben besser ist als der Tod.

Werner Klose

DIE SPUR IM SCHLICK

Den Wagen, den hatte ich zuerst entdeckt.

Die Polizei? Nein, die Polizei kam viel später dazu. Da hatten sich einige Leute im Watt zusammengefunden. Mich wunderte, wie schnell sogar im Wattenmeer, weit westlich der Sandbänke, sich Neugierige ansammeln, sobald es etwas Ungewöhnliches gibt. In der Stadt, klar, da stehen schnell hundert und mehr Passanten um einen Unfallwagen herum. Die Polizei kommt gar nicht durch oder der Notarzt.

Dabei kann man, streng genommen, den Wagen, den ich zuerst entdeckt hatte, nicht einen Unfallwagen nennen.

Es hatte ein Augustgewitter gegeben. Der kurze, aber sehr kräftige Sturm hatte die See aufgewühlt. Und als zur Ebbe das Wasser abfloß, war ich mit dem Mofa über das Vorland und die Sandbank gefahren. Dort kennt sich niemand so gut aus wie ich. Und ich weiß genau, wann ich wo etwas finden kann. Wenn der Ebbstrom auch die letzten Sandbänke freigibt und in den Waffelrillen des Schlicks das Wasser schimmert, laufe ich an der Flutkante entlang. Manchmal finde ich auch Bernstein, doch den suchen hier aus Spaß die Sommergäste. Oder Boje Peters, den ich öfter hier draußen treffe. Denn Peters hat eine kleine Bernsteinwerkstatt aufgemacht, und ein paar Schmuckmuster habe ich ihm gezeichnet. So aus Freundschaft, und weil ich ihm gern zusehe, wenn er mit dem Material sehr geschickt arbeitet. Er hat sich das selbst beigebracht. So ist er fast ein Kollege geworden, und das Meer liefert uns das Material.

An sich ist Nordfriesland kein Platz für Bildhauer, falls man bei diesem Beruf an große Holzstöcke, Steinblöcke oder

Metallgußformen denkt. Nein, damit habe ich nichts zu tun. Ich bin Keramiker, und was mir das Meer mit jeder Flut neu bringen kann, ist das Formenspiel im Schlick, sind die seltsam fahlen Farben von faulenden Balken, von mit Algen und Muscheln besetzten Kistenbrettern oder Korkstücken. Das schleppe ich in meine Kate nach Norderhever ab. Und dann kann es Monate dauern, bis ich übersetzt habe: das Algenzeug im Korbfetzen zieht sich als stumpfgrünes Band durch ein Netz aus braunem Ton um den Rand einer Schale.

So arbeite ich, und deshalb laufe ich an der Flutkante besonders wachsam entlang, wenn die See unruhig war. Dann kann ich mit guten Funden rechnen.

Aber auf einen Wagen war ich dort nicht gefaßt. Als weit draußen, hinter den letzten Sandbänken, aus der abströmenden Flut etwas auftauchte, erkannte ich die Umrisse des Verdecks nicht. Denn wer rechnet im Watt mit einem kompletten Auto! Als ich eine halbe Stunde später die Augen mit der Hand gegen das Blendlicht der Sonne und des Schlickwassers schützte, sah ich endlich, daß es ein Auto sein mußte.

Ja, das ist vorgekommen. Da sind Leute bei Hohlebbe und schönstem Sommerwetter, als hätte die Weite sie betrunken gemacht, über die Sandbänke weg, durch flache Priele bis weit ins Watt hinausgedonnert. Dort sackte ihnen der Wagen durch, und bevor sie einen Bauern mit Pferden oder einem Trecker fanden, hatte ein Priel schon den Wagen umklammert, der sich mit seinem Eigengewicht immer tiefer in den Schlick drückte, bis die Flut über ihm zusammenschlug. Na ja, und bei Ebbe, dann sieht so ein Wagen aus wie der grüne Ford, vor dem ich als erster gestanden hatte.

Um genauer zu bleiben: auch als ich mich dem Wagen näherte, fiel es sogar meinem geübten Blick schwer, das Gebilde im Watt als Auto auszumachen. Denn der Wagen hatte sich bis weit über die Achsen in den Schlick gepreßt. Er sah aus wie eine umgestülpte Metallwanne, manchmal auch wie eine altmodische Souffleurmuschel oder – im Gegenlicht – wie eine dösende Schildkröte am exotischen Strande. Ich lief einmal um den Wagen herum, den die Rillenspur meiner Gummistiefel nun eingrenzte, doch der erste Eindruck half mir nicht weiter.

Als ich mit dem Ärmel der Öljacke vorn links an der Seitenscheibe ein wenig Schlick freigewischt hatte, war der verschmutzte Innenraum düster, leer; die Polster vollgesogen vom Salzwasser. Obwohl ich mir hätte denken können, daß der Wagen verlassen war, wischte und kratzte ich erleichtert weiter an den Scheiben, weil nun keine erschreckende Entdekkung zu befürchten war.

Plötzlich richtete ich mich auf und blickte noch einmal von dem versackten Wagen weit hinaus auf das Wattenmeer, als suchte ich dort draußen nach Menschen, die mit diesem Wagen hätten zu tun haben können. Denn jemand mußte ihn hierher gefahren, mußte ihn hier verlassen haben.

Der warme Augustvormittag hatte mehr Wattenwanderer als sonst herausgelockt. So standen bald viele Leute um den Wagen und beredeten, was geschehen sein könnte und getan werden müßte. Einige fingen mit blauen Kinderblechschaufeln an, einen Graben auszuwerfen, doch Boje Peters, der Bernsteinschleifer, war dazugekommen und entschied:

»Hat alles keinen Zweck, der sitzt zu tief. Da müssen große Schaufeln und ein Abschleppwagen her.«

Ein junger Mann ließ sein blondes Mädchen los und bot sich an, zur Werkstatt nach Lating zu fahren und auch die Polizei zu benachrichtigen.

Das Haar der Blonden flatterte lustig im Sommerwind, als sich die beiden jungen Leute in Richtung zum Deich entfernten, wo einige Wagen parkten.

»Die Polizei?« fragte ich Boje.

Der hob die Schultern und sah an mir vorbei auf das Watt hinaus, wie ich vorhin selbst hinausgestarrt hatte. »Der Wagen muß ja wohl jemandem gehören«, meinte Boje nur. Er stapfte davon. Auch andere gingen, und mancher trat neu dazu, um zu erfahren, was los war.

Warum ich blieb, weiß ich nicht.

Am Anfang war es nur ein Verwundern, ein Befremden über diesen Fund, diese Entdeckung in einer Landschaft, die mir seit über zwanzig Jahren bis in jede Einzelheit vertraut war. Auch ist ein Bildhauer immer Handwerker genug, daß ihn ein technisches Problem wie die schwierige Bergung dieses Fahrzeuges aus dem Schlick, noch dazu im Wettlauf mit der in Kürze wieder auflaufenden Flut, interessiert.

Der Abschleppwagen kam zuerst. Von der Ford-Werkstatt, obwohl ich gar nicht erkannt hätte, daß hier ein Ford versackt war, weil ich von Autos nichts verstehe und keinen Wagen fahre oder gar besitze. Die Monteure schaufelten das Heck so frei, daß sie das Seil der Abschleppwinde befestigen konnten. Die Zugspannung drohte den Wagen zu zerreißen, so daß die Männer fluchend noch einmal mit den langen Schaufeln den schwarzen Modder abhoben und zur Freude der Kinder auf den Schlick pappten. Endlich löste sich der Wagen langsam aus dem morastigen Loch, das er sich selbst eingedrückt hatte.

Als er aufgebockt an dem Seil hing, während die Arbeiter die Schaufeln neben die Winde warfen, sah der grüne Ford mit seinem verschlickten Fahrgestell mehr mitgenommen aus als vorher. »Ein Heidelberger«, sagte jemand neben mir. Da fiel mir das Kennzeichen erst auf: »HD – HO 99«. Das war leicht zu behalten.

Die Monteure gerieten sofort in Streit mit den beiden Polizisten, die erst eintrafen, als sie abfahren wollten.

»Ihr könnt doch hier nicht einfach abhauen, bevor wir ermittelt haben«, schimpfte Lorenz, der Leiter des Polizeipostens.

»Mensch, wenn wir auf euch gewartet hätten, wäre die Flut zurückgekommen und hätte den ganzen Schlitten in den Schiet gedrückt. Was hättet ihr dann ermittelt, he?«

Der jüngere Monteur, ein rotbärtiger Bursche mit einer Narbendelle an der linken Schläfe, schien nicht bereit zu sein, auf die Beamten zu warten.

Lorenz lenkte ein: »Jens, mach keinen Quatsch. Wir waren gerade auf Streife unterwegs. Und es war ja richtig, euch zuerst zu benachrichtigen.«

Der andere Beamte machte von dem Schlammloch und dem Fahrzeug am Schleppwagen einige Aufnahmen.

»Kriegt ihr die Tür auf?« fragte Lorenz behutsam, doch der Rotbärtige sah ihn wild an, als ob er eine Schaufel zum Prügeln greifen wollte. Er hatte den Wagen schon längst am Fahrerplatz geöffnet. »Wenn du Papiere oder so etwas suchst, nichts«, knurrte der etwas ältere Monteur.

Weil er sich die Uniform nicht dreckig machen wollte, bewegte sich Lorenz sehr vorsichtig in dem verschlickten Wagen. Als er sich rücklings wieder herauszog, blieb er an einer Fußmatte hängen, und mit der Matte schob er ein schmutziges Heft über die untere Zierleiste, die nichts mehr zierte. Lorenz hatte das Heft nicht gesehen, und so bückte ich mich und gab es ihm.

»Ach, Sie sind auch hier«, meinte er nur und nahm das Heft. In Norderhever kennen mich alle, in Lating viele. Man kennt mich oder kennt mich auch nicht, weil mein Beruf nicht zu den Leuten paßt, die alle vernünftig und regelmäßig Geld verdienen. Bauern, Handwerker, Händler und Inhaber von Pensionen für die Urlauber. Auch der Pastor und die Lehrer gehören dazu oder der Arzt und der Apotheker. Aber ein Bildhauer? Nun, sie lassen mich in Ruhe. Das genügt mir.

»Ein Sparkassenbuch aus Heidelberg«, sagte Lorenz mehr zu sich als zu mir, doch dann zeigte er mir die aufgeweichte Namensseite: »Hans Lutter, lesen Sie das auch so? Werderstraße 187.« Ich nickte: »Hans Lutter, Werderstraße 187, stimmt!« Lorenz nahm sich die Mütze aus der verschwitzten Stirn und schien erleichtert, weil er außer der Autonummer noch etwas »ermittelt« hatte.

»Ich stelle ihn bei mir auf den Hof«, rief der Rotbart herüber und wischte sich mit dem Rest eines grauen Handtuchs den Schweiß von der Narbendelle am Kopf. Lorenz nickte ihm zu und strich mit den Fingern der linken Hand durch das graue Kraushaar, während er sich von rechts mit der Mütze etwas Kühlung zuwehte. Da fiel mir auch auf, wie schwül und windstill es war. So still wie selten am offenen Meer.

»Die Möwen sind ganz närrisch«, meinte der andere Polizist, »es wird doch nicht schon wieder ein Unwetter geben.«

Plötzlich sagte Lorenz: »Der mit dem Sparkassenbuch, der hat hoffentlich hier nur seinen Wagen verloren.«

Eine unangenehme Vermutung, die der andere Polizist wohl rasch wegreden wollte, als er fragte: »Hat er noch was auf dem Konto, bei seiner Sparkasse?«

Lorenz blätterte das nasse Heft vorsichtig um und um, bis er endlich die Seite mit dem Kontostand hatte. Die handschriftliche Eintragung war stark vom Wasser verwischt, aber ich konnte wieder mitlesen, als Lorenz sagte: »Noch 157,38 hat er drauf. Davon kriegt er keinen neuen Wagen.«

»Wenn man den wäscht und trocknet«, meinte ich. Lorenz lachte: »Eine ganze Tide im Salzwasser, nee, das lohnt nicht. Und wer den getrocknet kauft, ist angeschmiert.«

Viele Leute, die herumstanden, lachten auch. Meistens

Urlauber, für die der grüne Ford eine interessante Abwechslung war. Warum auch nicht? Ich stand schon seit zwei Stunden hier herum. Anke wird warten, obwohl meine Frau daran gewöhnt ist, daß ich stundenlang am Strand bin, um etwas zu finden.

Die Beamten hatten ihren Dienstwagen am Rande der Sandbank gelassen, um ihn nicht im Schlick zu verdrecken. Während wir dorthin, wo auch mein Mofa stand, zurückliefen, meinte Lorenz bedächtig: »Wo mag der Heidelberger sein? Nach dem Unwetter hatten wir gute Sicht. Auch kein unerwarteter Sommernebel. Hans Lutter? Das Sparkassenbuch muß mit dem Fahrer nichts zu tun gehabt haben. Ich muß nachfragen lassen, wem der Wagen gehört. Du, Jörn, wir brauchen ein Foto und einen Bericht in der Zeitung. Sachdienliche Mitteilungen und so.«

Der andere Polizist nickte.

»Vielleicht brauche ich Sie noch«, sagte Lorenz zum Abschied, »weil Sie doch zuerst an der Fundstelle waren.«

Vielleicht lag es tatsächlich daran, daß ich den Wagen zuerst im Watt entdeckt hatte. Den Schildkrötenbuckel, den das Wasser bei Ebbe immer höher freigab. Vielleicht lag es daran, daß mich der Wagen auch weiterhin beschäftigte.

Zunächst war ich froh, daß ich Anke alles erzählen konnte. Meine Frau hat nur die Schafe und das Pony, das wir für die Kinder der Schwägerin halten. Und was so für eine Frau in der Kate zu tun ist. Denn um die Werkstatt kümmere ich mich selbst. Auf der Flucht aus Pommern, da hatte Anke eine Fehlgeburt. Wie das so war, damals – und dabei hätten wir gern Kinder gehabt. Und nun ist Anke natürlich froh, wenn etwas passiert, etwas wie die Sache mit dem grünen Ford.

Sie spekulierte auch gleich, wie alles gekommen sein könnte: »Aus Heidelberg? Du, zwei junge Leute, ein Liebespaar.

Und sie waren glücklich. Er ein Student, und das Mädchen sollte ihn nicht heiraten. Da wußten sie nicht weiter und sind ins Wasser gegangen.«

So ist Anke. Sie ist mein Geschichtenbuch. Anke braucht nur ein Reizwort, alles andere erfindet sie dazu.

»Du spinnst doch wieder«, meinte ich gutmütig. Denn wir waren beide mit uns allein, und deshalb mochte ich ihre Geschichten, und manchmal hatte ich Figuren nach ihren Geschichten geformt oder benannt.

Aber als Anke in der Küche zu tun hatte, lief ich noch einmal nebenan in die Werkstatt und setzte mich trotz der Hitze des Brennofens vorn an den Zeichentisch. Mit schwarzer Kohle skizzierte ich den Ford am Schleppwagen, und schwarz tropfte der Schlick ins Watt. Das Kennzeichen hatte ich mir gemerkt und zeichnete es in das verbogene Schild: »HD – HO 99«. Unter das Blatt schrieb ich die Adresse aus dem Sparkassenkonto: »Hans Lutter, Werderstraße 187.« Anke rief zum Essen, und ich zog noch schnell eine schwache Linie quer über das Watt als Horizont und markierte zwei Punkte auf der Linie.

Ach was, Anke mit ihren Geschichten.

Boje Peters, der Bernsteinschleifer, erzählte mir in den nächsten Tagen nach und nach, was er über den Wagen gehört hatte. Nach dem ersten Zeitungsbericht hatte sich tatsächlich eine Pensionsinhaberin aus Veld gemeldet. Ja, das Ehepaar Lutter hatte dort gewohnt, eine Übernachtung nur. Dann waren sie abgereist, in ihrem grünen Ford, mit allem Gepäck, ja. Der Mann, schon etwas älter, na so wie wir beide, hatte Peters gelacht und hinzugefügt: »Seine Frau aber, das war ne flotte Deern. Und verdammt hübsch.«

Wenn ich Anke das erzähle, dachte ich, kriege ich einen ganzen Roman zu hören.

Aber da waren schon gut zwei Wochen vergangen, seit ich

den Ford gefunden hatte, und Anke hörte mir kaum zu, weil sie eine Überraschung für mich hatte: »Dr. Raabe hat angerufen, Mensch, du kriegst die große Ausstellung in der Kunsthalle! Aber am Montag sollst du schon in Mannheim sein und alles besprechen.«

Wir waren ganz wild vor Freude, alberten mit dem Pony, mit den Schafen. Denn das war nach über zwanzig Jahren meine erste ganz große Ausstellung. Und in Mannheim – eine kleine Kunsthalle, aber Qualität. Den ganzen Sonntag wühlten Anke und ich noch in der Werkstatt, und ich packte eine Mappe mit Skizzen und Fotos von Skulpturen und Keramiken zusammen. Zwar kannte Dr. Raabe meine Sachen, war auch schon mehrfach hier bei uns gewesen, aber nun mußte man besprechen, wie die Räume wirksam genutzt werden konnten. Mein Gott, in Mannheim – das konnte der Anfang sein, der Anfang zu einem großen Erfolg. Nein, ich beklage mich nicht, ich habe immer viel ausgestellt, habe gut verkauft, und wir konnten leben. Aber wer in Mannheim ausstellt, der ist nicht irgendein Strandläufer in Norderhever, nein.

Da sah ich das Blatt mit dem verschlickten Ford, sah die beiden Punkte am Horizont, und Anke flüsterte über meine Schulter hinweg: »Das Liebespaar aus Heidelberg. Dort sind sie gelaufen, einfach so, nach Helgoland, und die Flut kam.«

Da nahm ich das Blatt und legte es in die Mappe, die ich nach Mannheim mitnehmen wollte.

In Mannheim gingen Dr. Raabe und ich die Mappe durch und wurden uns rasch einig, wie wir die Ausstellung aufbauen wollten. Nur einmal schüttelte der Direktor den Kopf und lachte: »Seit wann zeichnen Sie Autos an Ihrem Strand?«

Da erzählte ich ihm meine merkwürdige Entdeckung vom 2. August und gab ihm einige Andeutungen aus Ankes mysteriösen Geschichten zu kosten.

»Seltsam«, sinnierte nun auch Dr. Raabe, »aus Heidelberg also, aus unserer Nachbarschaft.«

Das hätte er nicht sagen sollen; denn nun saß mir plötzlich die Sparbuchadresse als fixe Idee im Hirn, und ich mußte hin, obwohl ich keine Ahnung hatte, was ich dort wollte. Trauernden Hinterbliebenen die Zeichnung schenken – du meine Güte, nein. Aber ich war da einem Zwang ausgeliefert, ja ich wurde immer wehrloser gegen den Gedanken, nach Heidelberg fahren zu müssen, um den Anfang einer Spur zu finden, die sich im Wattenmeer vor Norderhever verloren hatte.

Sehr merkwürdig verloren, denn die Pensionswirtin hatte in Veld der Polizei berichtet, daß dieses Ehepaar Lutter, im grünen Ford, mit seinem ganzen Gepäck abgereist sei. In dem verlassenen Wagen war jedoch nichts gefunden worden. Keine Ausweispapiere, kein Gepäck.

Am Bahnhof Heidelberg gab ich mein Gepäck auf, weil ich mittags mit dem Intercity Basel-Westerland zurückfahren wollte. Ich winkte einem Taxifahrer, der am Neckarufer entlangfuhr und schnell die Werderstraße erreicht hatte.

Auf dem Neckar weiße Segel, ein paar Schwäne. Auf den Uferwiesen lagen Studenten, spielten Kinder, und junge und alte Frauen saßen in der Sonne um die Spielplätze. Ein Schild verwies auf ein kleines Fährboot: »Überle's Überfahrt«. Jetzt die Werderstraße, doch die Spätsommersonne machte mich schwärmerisch, und ich bat den Fahrer um einen Umweg: am Neckar entlang bis Ziegelhausen, drüben die Schloßruine. Wieder zurück durch die Stadt, wieder zur Werderstraße.

Als ich vor dem Haus stand, las ich auf dem schwarzen Glasschild mit goldener Schrift: Hans Lutter, Rechtsanwalt und Notar.

Sehr schlicht, aber sehr nobel, auch das Haus im alten

Garten. Man hörte das Klingeln nur schwach im Hause, weit weg hinter dicken Mauern.

Eine ältere Frau öffnete, sehr bleich und ernst, sehr streng das Haar, die Kleidung.

»Bitte?«

Unfreundlich, mißtrauisch, abweisend. Ich hätte gern im Zug nach Westerland gesessen und an Anke und das Pony oder die Schafe gedacht.

»Kann ich Herrn Lutter sprechen?« fragte ich. Blöder hätte ich nicht fragen können, weil ich doch wußte, wo der Mann verschwunden war; ich hatte doch den Ford entdeckt, ich als erster.

»Mein Mann ist verreist. Für längere Zeit.«

Die Frau hatte die Tür hastig geschlossen, eine schwere Tür aus dunkel gestrichenem Holz, mit alten Messingbeschlägen.

An den Neckarwiesen setzte ich mich auf eine Bank und kam mir wie der letzte Idiot vor. Das war also seine Frau gewesen; dachte ich. Peters hatte erzählt, daß Lutter eine junge und hübsche Dame bei sich gehabt hatte. War er mit diesem Mädchen nach Norderhever gefahren, in dem grünen Ford?

Ein älterer Mann hinkte am Stock mühsam näher, ließ sich seufzend neben mir auf der Bank nieder. Ein kleines Mädchen lief lachend neben den Schwänen am Ufer des Neckar her. Aus der Stadt über dem Fluß das grelle Heulen einer Polizeisirene.

Der alte Mann sprach an mir vorbei zum Neckar hin, als er sagte: »Das wird wohl ein Unfallwagen sein. Um diese Zeit. Denn die Sparkasse, die werden sie wohl nicht schon wieder ausrauben!« Er lachte in sich hinein.

»Die Sparkasse?« Eigentlich interessierte mich nicht, was er erzählte, doch wenn man so auf einer Bank sitzt, zwei ältere Männer in Heidelberg, Mitte August.

»Das war vor zwei Wochen, ja am 1. August. Unser Hochzeitstag, wissen Sie. Aber meine Frau ist schon vor drei Jahren gestorben. Ganz plötzlich, ein Herzinfarkt. Wir wollten gerade essen, da sagte sie ...«

»Entschuldigen Sie, was war mit der Sparkasse?«

»Ach richtig, am 1. August. Kurz vor der Mittagspause. Zwei Banditen waren es, maskiert. Einer klein und sportlich. Ein Italiener vielleicht. Oder eine Frau, stand in der Zeitung. Heute machen Frauen solche Sachen mit. Die sind noch wilder als die Kerls. Eine halbe Million geklaut!«

Er lachte. Das kleine Mädchen weinte, weil ihm die Schwäne davongeschwommen waren.

Ich stand auf und lief langsam am Neckar entlang, ließ mir Zeit bis zum Bahnhof, aß etwas und löste mein Gepäck aus, weil die große Mappe in kein Schließfach gepaßt hatte. Da fiel mir wieder ein, daß in dem grünen Ford, den ich als erster entdeckt hatte, kein Gepäck gefunden worden war. Nicht ein einziges Stück.

Meiner Frau erzählte ich kein Wort von Heidelberg, aber alles von der Ausstellung und von Dr. Raabe in Mannheim. Und Anke war begeistert und malte uns aus, wie die Eröffnung sein werde, und was die Zeitungen berichten würden, und ob sie im Kostüm gehen sollte oder im Hosenanzug, mit der gerüschten Bluse.

Am Mittwochmorgen hatte ich am Markt zu tun und fuhr dann mit dem Mofa die paar Schritte zur Bahnstation. Krischan, der Vorsteher, stammt von hier und kennt jeden, doch einer von der Bahn kennt natürlich alle besonders gut, die kein Auto fahren.

»Du, Krischan«, sagte ich, »ist dir vor etwa vierzehn Tagen ein Paar aufgefallen, das hier Reisegepäck aufgegeben hat? – Viel Gepäck sogar. Der Mann älter als sie. Die Frau klein, zierlich.«

Krischan besann sich nicht lange. »Die sind von hier nach

Kopenhagen weitergereist. Nach Kopenhagen! Das merkt man sich doch«, lachte Krischan. »Aber warum fragst du?«

»Bekannte von mir«, sagte ich.

Denn das waren sie inzwischen auch geworden. Ja, ich kenne viele Leute, mit denen ich mich weniger beschäftigt habe als mit Hans Lutter aus Heidelberg, obwohl ich den nie gesehen habe.

Einmal stieg Lorenz aus dem Streifenwagen und ließ sich vom Septemberwind in unsere Kate treiben.

»Setzen Sie sich doch«, sagte Anke und goß ihm einen Teepunsch ein, den wir gerade tranken, weil ich vom Strand zurückgekommen war. Mir war schon klar, warum der Polizeihauptmeister hier in der Kate saß, wo er noch nie gewesen war und sich verlegen neugierig umschaute.

Wir redeten vom Wetter, und daß seine Frau zur Kur sollte, wegen des Rheumas. Auch gut, dachte ich, Rheuma ist eine langwierige Krankheit, und man kann viel darüber sagen.

»Was ich noch fragen wollte«, meinte er dann und suchte schon die Dienstmütze, »von der Sache mit dem grünen Ford am 2. August, da haben Sie doch auch nichts mehr gehört?«

»Auch«, hatte er gesagt – also waren sie nicht weitergekommen. »Nein«, meinte ich und trank noch einen Schluck, »seitdem ist nichts mehr passiert.«

»Da kann ich ja eine Schlußmeldung schreiben«, meinte Lorenz vor der Tür. »Dieser Mann mit dem Sparkassenbuch, der wird vermißt. Dabei hatte er nichts von seinem Konto abgehoben.«

Ich erinnerte mich: »Na ja, über hundert Mark, mehr war wohl nicht drauf. Und dort drüben im Watt hätte er nichts gebraucht.« Lorenz tippte leicht an den Mützenschirm: »Auch von Leichenfunden nichts. Meistens werden die doch wieder angeschwemmt. Aber hier – keine Spur.«

Daß ich Lorenz nichts sagte, hat mich leider weniger bedrückt als daß ich Anke gegenüber kein Wort verlieren durfte. Denn ein Wort nur, eine Vermutung, ihr so einfach hingeworfen, und dann wäre sie ins Spinnen gekommen.

Deshalb ist die Spinnerei an mir allein hängengeblieben. Bloß, weil ich den grünen Ford zuerst aus dem Watt auftauchen sah. Wie der Buckel einer alten Riesenschildkröte, an einem ganz fernen Strand.

Die Kohlezeichnung, das Blatt mit dem Wagen, liegt noch immer in der Ausstellungsmappe für Mannheim. Ich habe sonst nie Autos gezeichnet und fahre auch nicht damit. Bis zum Strand oder zum Markt, da reicht mir das Mofa.

An einem Abend, als die erste Novembersturmflut gegen den Deich donnerte, mußte ich an die Sache vom August denken. »Das muß er doch gar nicht gewesen sein. In der Sparkasse. Ein Rechtsanwalt – der verdient doch auch so genug, müßte man meinen.«

Die Anke reckte den Hals: »Welche Sparkasse? Was für ein Rechtsanwalt?«

Du meine Güte, ich hatte laut gedacht. Und seitdem, da spekulieren wir gemeinsam.

Berend de Vries

NEBEL ÜBER DEM WATTENMEER

Der Nebel ist keines Menschen Freund. Da mag einer sagen, was er will: es ist schon so. An Land nicht und erst recht nicht auf See. Verhängnisvoller aber als irgend sonst wirkt er sich im Wattenmeer aus. Dafür gibt es Beispiele genug. Da kann es geschehen, daß sich selbst erfahrene Fischerleute nicht mehr auskennen und gefährlich täuschen.

Wie war es doch mit dem Baltrumer Tjark Eilts, der die Seemannsschule in Timmel besuchte?

Gegen Weihnachten des Jahres 1866 herrschte jenes feuchte, neblige Wetter, das man um diese Jahreszeit so oft an der Nordseeküste erlebt: der Winter will sich nicht durchsetzen; erst nach Neujahr beginnt es ein wenig zu frieren. Um so dichter und trostloser aber braut der Nebel über Land und Meer. Ein paar Tage vor Weihnachten, an einem Sonntag früh, erreicht der Steuermannsschüler Tjark Eilts endlich den Deich bei Nessmersiel. Er ist die ganze Nacht gewandert und kommt geradewegs von Timmel im Auricherland. Es ist sechs Uhr morgens, als er durch die leeren Gassen zum Hafen geht. Man merkt, er weiß hier Bescheid. Obwohl es noch stockdunkel und obendrein dick von Nebel ist, findet er sich zurecht. Bei einem Fischerhaus, das sich das Dach tief über die Ohren gezogen hat, hält er an und klopft an die Scheiben.

Nach einer Weile wird die Haustür halb geöffnet. Ein bärtiger Fischerkopf lugt nach draußen. »Wer ist da?« fragt der Mann und späht aus verschlafenen, aber doch schon wachen Augen des Fischers und Fährmanns, der Überraschungen gewohnt ist, scharf nach dem Fremden aus.

»Tjark Eilts ist es, Kassen Willms«, erwidert der junge

Seemann. »Ich möchte hinüber nach Baltrum. Ist das Boot flott? Setzt mich gleich über, du und Jan.«

»Komm zunächst mal herein, Tjark«, sagt Kassen Willms und öffnet die niedrige Tür ganz.

Tjark Eilts, hoch und schlank gewachsen, muß sich bücken, als er die Türschwelle überschreitet.

Der Alte führt ihn in die Küche und bietet ihm einen Stuhl an. Dann prökelt der Fischer das Feuer auf der Herdplatte an. Die Torfsoden sprühen Funken; seltsame Schatten huschen durch den engen düsteren Raum, während Kassen Willms, ein bärtiger Gnom, in blauwollenen Unterhosen vor dem Feuer hockt und schweigend mit der klirrenden Zange hantiert.

»Bist ja mächtig früh zu Beine«, unterbricht der Alte das Schweigen. »Woher kommst du bei Nacht und Nebel?«

»Von Timmel, Kassen. Du weißt, ich besuche dort die Seemannsschule. Weihnachten über haben wir frei. Es ließ mir keine Ruhe, ich habe mich gestern gleich auf den Weg gemacht nach Nessmersiel, damit ich heute morgen noch nach Baltrum käme . . . Bringt ihr mich gleich hinüber?«

Das Feuer glort auf. Kassen Willms hängt bedächtig den Kessel an den Haken und richtet sich dann auf. »Wart mal«, sagt er, geht an die Schlafbutze, wo seine Kleider auf dem Stuhl davor liegen, und zieht sich die Hose an. »Wenn man keine Büx' anhat«, grinst er, »ist man doch bloß ein halber Kerl.« Tjark Eilts lacht. »Das habe ich doch wahrhaftig nicht bemerkt«, sagt er. »Wie wär's, wenn du ein wenig Licht machtest?«

»Damit du unsere Junggesellenwirtschaft besser überblikken kannst, Tjark?« fragt, sich den Leibriemen umschnallend, der Alte. »Aber recht hast du, wir müssen sehen können, was wir sagen.« Und er zündet die Tranfunzel an. Ein bißchen heller und gemütlicher ist es nun in der Küche, und größer und lebendiger tanzen in den Ecken die Schatten.

»Ja«, fährt Kassen Willms fort und setzt sich in den Hörnstuhl, »hinüber willst du, und das bald. Kann mir vorstellen, daß du ungeduldig bist. Ihr jungen Kerle wollt alles möglichst rasch bewältigen. War auch mal so einer, ja ... Aber es ist pottdick draußen, Tjark; warten wir nicht lieber, bis sich der Nebel etwas verzogen hat?«

»Da können wir lange warten, Kassen.«

»Na, gegen Mittag wird es wohl ein wenig aufklaren, denke ich.«

»Nein, Kassen, ich habe keine Ruhe und Geduld. Ich habe mir vorgenommen, vor Beginn der Kirchzeit auf der Insel zu sein. Und wer weiß, ob der Nebel nicht noch dicker wird im Laufe des Tages. Bringt mich hinüber, du und Jan ... Wo ist Jan?«

»Jan ist im Schafstall«, antwortet Kassen Willms. »Aber sei nicht ungeduldig! Das Teewasser kocht schon, und gefrühstückt hast auch du noch nicht, glaube ich.« Damit steht er auf, um sich wenigstens erst mal zu waschen und dann das einfache Frühmahl herzurichten. Aber bevor er hinausgeht, setzt er rasch noch den Tee an, denn der Wasserdampf steigt bis an die Balken.

Ja, Tjark sieht ein: er muß sich gedulden; ganz abgeneigt scheint der Alte ja nicht zu sein. Er sieht sich ein wenig um in der Küche. Es ist hier nicht so blitzsauber wie daheim bei der Mutter, aber unsauber auch nicht, nur unordentlich. Das Schiffsbild da über dem Kamin, wie lange ist das nicht abgestaubt worden. Man merkt, die Frauenhand fehlt in diesem Hause.

Tjark wird müde in der dumpfen Luft, die ihn hier umgibt. Nun spürt er, daß er die ganze Nacht getippelt ist. Mit einem merkwürdig unwirklichen Gefühl nimmt er alles um sich her wahr. Kaum, daß ihn später der Tee und das einfache Mahl, zu dem Kassen Willms ihn einlädt, etwas aufmuntern.

Aus dieser Art von Betäubung erwacht er erst wieder, als sie im Boot sitzen und den Hafen verlassen. Er und Jan rudern drauflos, während Kassen das Steuer handhabt. Aber was nützt steuern bei diesem Nebel! Alle paar Bootslängen sitzen die Riemenblätter im Schlick der Prielkante fest. Es wird erst besser, als sie aus den Prielwindungen heraus und im freien Wattenmeer sind.

Hier setzt der Flutstrom stärker ein. Die See ist glatt wie Öl. Kein Windhauch ist zu spüren. Und ein Nebel, so dicht, daß Kassen Willms meint, ein Marlspieker könne darin treiben, und es sei am besten, zum Siel zurückzukehren.

Aber davon will Tjark Eilts nichts wissen; Kassen mit seiner großen Erfahrung werde es schon schaffen, meint er. Er legt sich stärker in die Riemen und zwingt dadurch Jan, dem das nicht recht paßt, mit ihm Strich zu halten. Nein, Tjark will nach Baltrum und zu Hause Weihnachten feiern.

Kassen Willms späht scharf in den Nebel und kaut nachdenklich seinen Tabak.

Das, was der ungeduldige Draufgänger da von seiner langen Erfahrung sagte, ist gut gemeint und sagt ihm zu; aber es hat sich was mit der Erfahrung, wenn man nicht eine Bootslänge weit sehen kann. Wo, zum Kuckuck, steht die nächste Besenbake? Verdammter Schiet! ... Aber was denn? Der Jungkerl will hinüber zur Insel, das hat er sich nun mal in den Kopf gesetzt; umzukehren hat auch keinen Sinn, unsicher ist eines wie das andere. Ja, und er, Kassen, kann das Fährgeld jetzt vor Weihnachten gut gebrauchen. Das ist sicher. Und hat es bei früheren Fahrten nicht immer best' geklappt, wenn auch das Wetter unsicher war? Immer! Wenn er Fahrtrichtung und Strömung gegeneinander abwägt und in Rechnung zieht, geht die Sache klar. Und Kassen Willms, der, um die Wahrheit zu sagen, sich eine Zeitlang schwankend und unsicher fühlte, wird wieder zuversichtlicher. »Lange Erfahrung«, hat der Steuermannsschüler gesagt ... Wohl, wohl! Kassen Willms verspürte Ehrgeiz. Sein Berufsstolz ist geweckt. Aber ganz will die Unruhe doch nicht von ihm weichen.

Unverdrossen rudern die beiden jungen Männer. Auch Jan ist jetzt in Fahrt gekommen: Tjark Eilts reißt ihn mit. Ja, Tjark pullt hart zu. Dem geht es wahrhaftig noch nicht schnell genug, denkt Jan, ob da ein Mädchen dahintersteckt? Aber er hütet sich wohlweislich, diesen Gedanken in Worten auszudrücken. Denn was ist er gegen den großen Tjark Eilts, der die Steuermannsschule besucht und schon alle sieben Meere befahren hat? Ein Schlickrutscher, weiter nichts. Aber wartet nur: auch Jan Willms geht eines Tages auf große Fahrt!

Es werden nicht viele Worte gewechselt. Nur das rhythmische Janken und Knarren der Riemen in den Dollen und das kluckernde Rauschen des Wassers am Bootsbug unterbrechen die eintönige, graue Stille.

Mit jedem Ruderschlag komme ich der Insel näher, denkt Tjark. Das Herz wird ihm warm. Seine Gedanken eilen dem Boot voraus. Scheu sieht er Hilke vor sich, die kleine Gespielin seiner Kinderjahre; wie fein und schlank das Mädchen geworden war, als er sie vergangenen Herbst nach jahrelangem Umherschwalken auf manchen Meeren zum ersten Mal wiedersah; jetzt sieht er sie vor sich: schwebt sie nicht, eingehüllt in eine rosige Wolke, mitten im grauen Nebel ständig über dem Heck des Bootes, mit den Fußspitzen den dicken blauen Klunker auf der Wollmütze des guten Kassen Willms fast berührend? Und was die andern für Augen machen werden, wenn er gleich in die Stube tritt! Zur Mutter wird er sagen: »Moderke«. Der Vater, im Hörnstuhl, wird ihm einen rauhen

Willkommensgruß bieten. »Hallo, Stüürmann!« wird er vielleicht sagen, und dann will der alte Kapitän irgend etwas Neues von der Schule wissen, etwa auf welche Weise man dort jetzt lehrt, den Schiffsort zu bestimmen, und derlei nautische Dinge mehr. Und die Schwestern, Almut und Frauke, – ja, für die hat er eine Kleinigkeit mitgebracht. Nicht viel, ein paar Pflaumentörtchen nur vom Timmeler Bäcker und für jede eine Haarschleife. Er hat den Kram in eine leere Zigarrenkiste gepackt; hoffentlich schmecken die Törtchen nun nicht nach Tabak! Das Kistchen liegt unter der Ducht am Heck des Bootes verstaut. Daß er nur ja nicht vergißt, es mitzunehmen, wenn er gleich an der Wattseite der Insel aussteigt!

So rudert Tjark seinen Törn, als ob er die Fahrt bezahlt bekäme, und dabei ist er doch eigentlich der Gast hier im Boot und wird das Fahrgeld nicht schuldig bleiben. Aber Tjark Eilts ist Seemann, er muß mit zupacken auf einem Fahrzeug und wenn es noch so klein ist. Übrigens weiß er auch: sich im offenen Boot Bewegung machen bei Wintertag ist einem erträglicher, als untätig herumsitzen und frieren.

Aber was hat Kassen Willms? Kaum kann man seine Gesichtszüge erkennen, obwohl sie sich auf anderthalb Meter gegenübersitzen. Macht er nicht eine unsichere Miene, der Alte?

»Hallo, Kassen«, sagt Tjark, »müssen doch bald da sein, meine ich.«

»Ja«, sagt der Alte, »lange kann es nicht mehr dauern . . . So pottdick wie heute ist es mein Lebtag nicht gewesen.«

»Die Stein-Plate müssen wir doch schon achteraus haben.«

»So rechne ich auch, Tjark«, sagt der Fischer.

Sie rudern weiter, unentwegt. Jan möchte wohl ein wenig verschnaufen, aber er will nicht hinter Tjark Eilts zurückstehen; dickköpfig, wie er nun einmal ist, hält er durch und kneift die Lippen schmaler.

Plötzlich fassen die Riemenblätter Grund, und kurz darauf schurrt der Kiel über den Sand.

Kassen Willms sagt aufatmend: »Da wären wir also.«

Sie pullen sich so weit wie möglich heran. Sie sind an einer Steilkante gelandet. Tjark braucht nicht durch das kalte Wasser zu waten; ein Sprung vom Steven kann ihn aufs Trockene bringen.

Ach, wie eilig er es jetzt hat, der ungeduldige Tjark! Rasch bezahlt er das Fährgeld; Kassen tut, als ob er nichts annehmen will, und meint, das hätte bis nach den Feiertagen Zeit. Aber nein, Tjark Eilts zahlt, verabschiedet sich eilends und springt an Land.

»He, dein Kistchen«, erinnert Jan, faßt unter die Ducht und wirft es Tjark zu. Der fängt es auf, lacht und sagt: »Gut, daß du daran gedacht hast, Jan. Ich hätte es doch wahrhaftig vergessen ... Gute Heimfahrt nun. Kommt heil zurück zum Siel!«

Sie stoßen das Boot mit den Riemen von der Steilkante ab, und schon kann Tjark es nicht mehr sehen, der breiige Nebel hat es verschluckt. Ein paar Rufe noch hin und her. »Fröhliche Weihnachten« schallt es aus dem Boot, und »Fröhliche Weihnachten« antwortet es vom Strand. Das seltsam seufzende Janken der Riemen ist noch kurze Zeit zu hören ... Nun verklingt dieser Laut. Nur die Flutwellen wandern, leise zischend, ihren Weg. Und drückend lastet ungeheures graues Schweigen über See und Sand.

Tjarks Eilts, sein Kistchen unterm Arm, stapft durch den schlickigen Sand. Bald muß der Heller kommen ... Der Himmel mag wissen, an welcher Ecke der Insel sie ihn an Land gesetzt haben. Plötzlich stockt sein Fuß: Wasser! Ist das ein Hiesel? Aber seit wann gibt es denn an der Wattseite Hiesel, jene Einschnitte des Meeres, die mit dem Strand eine Strecke gleichmäßig verlaufen? Die gibt es doch nur an der Seeseite! Aber wer weiß. Er geht an dem Saum des Wassers entlang und will den Meereseinschnitt umgehen. Doch der Hiesel nimmt kein Ende, das Wasser ist immer noch da. Unruhe erfaßt ihn. Rasch läuft er den Weg, den er gekommen ist, zurück, seine eigenen Fußspuren leiten ihn. Sonderbar . . . Hat die Strömung dem Boot einen Streich gespielt? Mit einem Male packt ihn die furchtbare Gewißheit: dies ist nicht Baltrum, dies ist eine Sandbank im Wattenmeer!

Das Boot!

Um Gottes willen, ist das Boot noch in der Nähe?

Er ruft und lauscht.

Keine Antwort.

Er schreit, so laut er kann.

Nichts. Kein Ton.

Am Rande der Sandbank entlang rennend, stehenbleibend, gespannt auf Antwort lauschend, das alles immer wieder und wieder, so irrt er wie ein Wattengespenst im undurchdringlichen Nebel umher. Wie ein Wattengespenst? Ja, so mag es wohl scheinen, aber hier schreit ein junger Mensch, der vom Leben noch vieles zu fordern hat, um Rettung aus bitterster Not.

Allmählich wird er ruhiger. Er sieht ein, es ist nutzlos, zu rufen. Das Boot ist weg, und Gott mag wissen, woher überhaupt Hilfe kommen soll.

Er überdenkt seine Lage.

Wo befindet er sich? Unzweifelhaft auf einem der Ausläufer der Stein-Plate, an der Nordostecke dieser Sandbank vielleicht. Dann muß nördlich, einen halben Strich nach Westen zu, das Ostdorf von Baltrum liegen, und zwischen seinem Standort und der Westseite der Insel fließt das breite Fahrwasser zwischen Festland und Inseln. Schwimmen? Die

Entfernung ist zu groß, und selbst zur warmen Jahreszeit wäre das des reißenden Gezeitenstromes wegen vergebliche Mühe. Wieviel mehr mitten im Winter und ohne jeglichen Richtungspunkt in diesem düsteren Nebelgrau!

Dennoch: dort liegt das Ostdorf! Muß es wenigstens liegen. Er glaubt, es doch deutlich zu sehen! Zwölf Friesenhäuser stehen auf den Dünen . . . Blinkt ein Licht durch den Nebel? Und wieder ruft er, ruft und lauscht.

Keine Antwort, kein Lichtzeichen, daß ihn auch nur eine Menschenseele gehört hätte. Weiß aufblinkend im stumpfen Grau fliegt, unwirklich groß, etwas Schattenhaftes dicht an ihm vorbei: eine Möwe; deutlich sah er den vorn gekrümmten starken gelben Schnabel und das kalte, unbarmherzige Auge. Wiederum packt ihn die Verzweiflung. Wie irrsinnig rennt er im Kreise umher, bis ihn das eisige Wasser, das steigt und steigt und in das er jetzt bei jedem Schritt hineinpatscht, wieder halbwegs zur Besinnung brachte.

Ja, die Flut steigt. Sie gehorcht einem ewigen Gesetz und läßt sich nicht einen Millimeter von der ihr zugemessenen Höhe nehmen. Unerträglich aber ist es, daß sie scheinbar so harmlos angerollt kommt. Käme sie doch, wie an der Seeseite, im donnernden Gang der Brandung! Da weiß man doch, woran man ist. Aber dieses tückische Geschleiche mag der Satan holen!

Jetzt steht er bis an die Knie im ziehenden Flutstrom. Von den Menschen verlassen, kämpft er mutterseelenallein im wüsten winterlichen Wattenmeer einen bitteren, hoffnungslosen Kampf. Er hat nichts, woran er sich klammern könnte, nicht einmal eine Besenbake! Es mag sein, daß irgendwo am Rande der Plate solch ein verankertes kahles Birkenbäumchen aufragt – aber wo? Vergeblich hat er auch danach schon gesucht. Nein – nun wird es ihm unheimlich klar: es gibt keine Rettung mehr für ihn! Er muß sich darauf vorbereiten, hier zu sterben.

Er nimmt sein Notizbuch heraus und schreibt auf, wie es hier um ihn steht. Da steht er breitbeinig auf der überspülten Sandbank und kämpft gegen den pressenden Flutstrom; unaufhörlich muß er die halb erfrorenen Füße aus dem aufgeweichten, saugenden Sand ziehen und einen neuen Standort ertasten. Aber in den Kampfpausen schreibt er. Im kargen Stil eines Schiffstagebuches, wie er es auf der Seemannsschule in Timmel gelernt hat, setzt er den Angehörigen seine verzweifelte Lage auseinander. In steifen Lettern steht das auf dem Papier. Und als ihm das Wasser bis an die Hüften reicht und es schwer und schwerer wird, dem reißenden Flutstrom standzuhalten, da nimmt er mit schlichten Worten Abschied von denen, die ihm auf dieser Erde teuer sind.

Mit letzter Kraft, und das war schwerer noch als der bittere, salzige Endkampf, öffnet er dann das Kästchen mit der kleinen Weihnachtsgabe für die Schwestern, legt die beschriebenen Blätter hinein, verschnürt es wieder, schreibt dick den Namen und die Anschrift auf den Deckel und knotet sein seidenes Halstuch schützend und fest um die Zigarrenkiste. Dann läßt er sie treiben. Geduldig und gleichgültig, wie bei allem, das sich ihm anvertraut, trägt das Meer dieses erschütternde Vermächtnis davon.

Nun hat Tjark Eilts getan, was er in seiner Lage nur irgend tun konnte.

Ruhe erfüllt ihn jetzt.

Was soll er sich noch hier im Schlick abmühen?

Er befiehlt seine Seele dem Allmächtigen und wirft sich vornüber in die eiskalten Arme des Flutstroms. Er schwimmt ein paar Stöße. Lange braucht er sich nicht zu quälen. Die Kälte schnürt ihm das Herz ab, und ein Wirbel vor dem Rand der Plate packt ihn und zieht ihn in die Tiefe.

So starb Tjark Eilts.

Es sind nun viele Jahre her, seit er im Watt verschwunden ist. Aber die Erinnerung an ihn und seinen schweren Tod ist auf der ostfriesischen Insel Baltrum und in dem Küstendorf Nessmersiel heute noch lebendig. Denn wenige Wochen, nachdem er ertrunken war, trug das launische Meer, das zuweilen auch einmal barmherzig sein kann, jenes Kistchen an den Wangerooger Strand. Den Toten selbst aber gab die Nordsee nicht wieder heraus.

Siegfried Lenz

DIE FLUT IST PÜNKTLICH

Zuerst sah er ihren Mann. Er sah ihn allein heraustreten aus dem flachen, schilfgedeckten Haus hinter dem Deich, den Riesen mit dem traurigen Gesicht, der wieder seine hohen Wasserstiefel trug und die schwere Joppe mit dem Pelzkragen. Er beobachtete vom Fenster aus, wie ihr Mann den Pelzkragen hochschlug, gebeugt hinaufstieg auf den Deich und oben im Wind stehenblieb und über das leere und ruhige Watt blickte, bis zum Horizont, wo die Hallig lag, ein schwacher Hügel hinter der schweigenden Einöde des Watts. Und während er noch hinüberblickte zur Hallig, stieg er den Deich hinab zur andern Seite, verschwand einen Augenblick hinter der grünen Böschung und tauchte wieder unten neben der tangbewachsenen eisernen Spundwand auf, die sie weit hinausgebaut und mit einem Steinhaufen an der Spitze gesichert hatten. Der Mann ging in die Hocke, rutschte das schräge Steinufer hinab und landete auf dem weichen, grauen Wattboden, der geriffelt war von zurückweichendem Wasser, durchzogen von den scharfen Spuren der Schlickwürmer; und jetzt schritt er über den weichen Wattboden, über das Land, das dem Meer gehörte; schritt an einem unbewegten Priel entlang, einem schwarzen Wasserarm, der wie zur Erinnerung für die Flut dalag, nach sechs Stunden wieder zurückzukehren und ihn aufzunehmen mit steigender Strömung. Er schritt durch den Geruch von Tang und Fäulnis, hinter Seevögeln her, die knapp zu den Prielen abwinkelten und suchend und schnell pickend voraustrippelten; immer weiter entfernte er sich vom Ufer, in Richtung auf die Hallig weit am Horizont, wurde kleiner, wie an jedem Tag, wenn er seinen Wattgang zur Hallig machte, allein, ohne seine Frau. Zuletzt war er nur noch ein wandernder Punkt in der dunklen Ebene des Watts, unter dem großen und grauen Himmel hier oben: er hatte Zeit bis zur Flut . . .

Und jetzt sah er von seinem Fenster aus die Frau. Sie trug einen langen Schal und Schuhe mit hohen Absätzen; sie kam unter dem Deich auf das Haus zu, in dem er wartete; sie winkte zu seinem Fenster hinauf. Dann hörte er sie auf der Treppe, hörte, wie sie die Tür öffnete, zögernd von hinten näher kam, und jetzt wandte er sich um und sah sie an.

»Tom«, sagte sie, »oh, Tom«, und sie versuchte dabei zu lächeln und ging mit erhobenen Armen auf ihn zu.

»Warum hast du ihn nicht begleitet?« fragte er.

Sie ließ die Arme sinken und schwieg; und er fragte wieder: »Warum bist du mit deinem Mann nicht rübergegangen zur Hallig? Du wolltest einmal mit ihm rübergehen. Du hattest es mir versprochen.«

»Ich konnte nicht«, sagte sie. »Ich habe es versucht, aber ich konnte es nicht.«

Er blickte zu dem Punkt in der Verlorenheit des Watts, die Hände am Fensterkreuz, die Knie gegen die Mauer gedrückt, und er spürte den Wind am Fenster vorbeiziehen und wartete. Er merkte, wie die Frau sich hinter ihm in den alten Korbstuhl setzte, es knisterte leicht, ruckte und knisterte, dann war sie still, nicht einmal ihr Atem war zu hören.

Plötzlich drehte er sich um, blieb am Fenster stehen und beobachtete sie; starrte auf das braune Haar, das vom Wind versträhnt war, auf das müde Gesicht und die in ruhiger Verachtung herabgezogenen Lippen, und er sah auf ihren Nacken und die Arme hinunter bis zu ihrer schwarzen, kleinen Handtasche, die sie gegen ein Bein des alten Korbstuhls gelehnt hatte . . .

»Warum hast du ihn nicht begleitet?« fragte er.

»Es ist zu spät«, sagte sie. »Ich kann nicht mehr mit ihm zusammen sein. Ich kann nicht allein sein mit ihm.«

»Aber du bist mit ihm hier raufgekommen«, sagte er.

»Ja«, sagte sie. »Ich bin mit ihm auf die Insel gekommen, weil er glaubte, es ließe sich hier alles vergessen. Aber hier ist es noch weniger zu vergessen als zu Hause. Hier ist es noch schlimmer.«

»Hast du ihm gesagt, wohin du gehst, wenn er fort ist?«

»Ich brauche es ihm nicht zu sagen, Tom. Er kann zufrieden sein, daß ich überhaupt mitgefahren bin. Quäl mich nicht.«

»Ich will dich nicht quälen«, sagte er, »aber es wäre gut gewesen, wenn du ihn heute begleitet hättest. Ich habe ihm nachgesehen, wie er hinausging, ich stand die ganze Zeit am Fenster und beobachtete ihn draußen im Watt. Ich glaube, er tat mir leid.«

»Ich weiß, daß er dir leid tut«, sagte sie, »darum mußte ich dir auch versprechen, ihn heute zu begleiten. Ich wollte es deinetwegen tun; aber ich konnte es nicht. Ich werde es nie können, Tom. – Gib mir eine Zigarette.«

Der Mann zündete eine Zigarette an und gab sie ihr, und nach dem ersten Zug lächelte sie und zog die Finger durch das braune, versträhnte Haar. »Wie sehe ich aus, Tom?« fragte sie. »Sehe ich sehr verwildert aus?«

»Er tut mir leid«, sagte der Mann.

Sie hob ihr Gesicht, das müde Gesicht, auf dem wieder der Ausdruck einer sehr alten und ruhigen Verachtung erschien, und dann sagte sie: »Hör auf damit, Tom. Hör auf, ihn zu bemitleiden. Du weißt nicht, was gewesen ist. Du kannst nicht urteilen.«

»Entschuldige«, sagte der Mann. »Ich bin froh, daß du gekommen bist«, und er ging auf sie zu und nahm ihr die Zigarette aus der Hand. Er drückte sie unterm Fensterbrett aus, rieb die Reste der kleinen Glut herunter, wischte die Krümel weg und warf die halbe Zigarette auf eine Kommode. Die untere Seite des Fensterbretts war gesprenkelt von den schmutzigen Flecken ausgedrückter Zigaretten. Ich muß sie mal abwischen, dachte er; wenn sie weg ist, werde ich die Flecken abwischen, und jetzt trat er neben den alten Korbstuhl, faßte ihn mit beiden Händen oben an der Lehne und zog ihn weit hintenüber.

»Tom«, sagte sie, »oh, Tom, nicht weiter, bitte, nicht weiter, ich falle sonst, Tom, du kannst das nicht halten.« Und es war eine glückliche Angst in ihrem Gesicht und eine erwartungsvolle Abwehr . . .

»Laß uns lieber hier weggehen, Tom«, sagte sie danach, »irgendwohin. Bleib noch bei mir.«

»Ich muß mal hinaussehen«, sagte er, »einen Augenblick.« Er ging zum Fenster und sah über die Einsamkeit und Trübnis des Watts; er suchte den wandernden Punkt in der Einöde draußen, zwischen den fern blinkenden Prielen, aber er konnte ihn nicht mehr entdecken.

»Wir haben Zeit bis zur Flut«, sagte er. »Warum sagst du das nicht? Du bist immer nur zu mir gekommen, wenn er seinen Wattgang machte zur Hallig raus. Sag doch, daß wir Zeit haben für uns bis zur Flut. Sag es doch.«

»Ich weiß nicht, was mit dir los ist, Tom«, sagte sie, »warum du so gereizt bist. Du warst es nicht in den letzten zehn Tagen. In den letzten zehn Tagen hast du mich auf der Treppe begrüßt.«

»Er ist dein Mann«, sagte er gegen das Fenster. »Er ist noch immer dein Mann, und ich hatte dich gebeten, heute mit ihm zu gehen.«

»Ist es dir heute eingefallen, daß er mein Mann ist? Es ist dir spät eingefallen, Tom«, sagte sie, und ihre Stimme war müde und ohne Bitternis. »Vielleicht ist es dir zu spät eingefallen. Aber du kannst beruhigt sein: er hat aufgehört, mein Mann zu sein, seitdem er aus Dharan zurück ist. Seit zwei Jahren, Tom, ist er nicht mehr mein Mann. Du weißt, was ich von ihm halte.«

»Ja«, sagte er, »du hast es mir oft genug erzählt. Aber du hast dich nicht von ihm getrennt; du bist bei ihm geblieben, zwei Jahre, du hast es ausgehalten.«

»Bis zum heutigen Tag«, sagte sie, und sie sagte es so leise, daß er sich vom Fenster abstieß und sich umdrehte und erschrocken in ihr Gesicht sah, in das müde Gesicht, über das jetzt eine Spur heftiger Verachtung lief.

»Ist etwas geschehen?« fragte er schnell.

»Was geschehen ist, geschah vor zwei Jahren.«

»Warum hast du ihn nicht begleitet?«

»Ich konnte nicht«, sagte sie, »und jetzt werde ich es nie mehr brauchen.«

»Was hast du getan?« fragte er.

»Ich habe versucht zu vergessen, Tom. Weiter nichts, seit zwei Jahren habe ich nichts anderes versucht. Aber ich konnte es nicht.«

»Und du bist bei ihm geblieben und hast dich nicht getrennt von ihm«, sagte er. »Ich möchte wissen, warum du es ausgehalten hast.«

»Tom«, sagte sie, und es klang wie eine letzte, resignierte Warnung, »hör mal zu, Tom. Er war mein Mann, bis sie ihm den Auftrag in Dharan gaben und er fortging für sechs Monate. So lange war er es, und als er zurückkam, war es aus. Und weil du dein Mitleid für ihn entdeckt hast heute, und weil du wohl erst jetzt bemerkt hast, daß er mein Mann ist, will ich dir sagen, was war. Er kam krank zurück, Tom. Er hat sich in Dharan etwas geholt, und er wußte es. Er war sechs Monate fort, Tom, sechs Monate sind eine Menge Zeit, und es gibt viele, die es verstehen, wenn so etwas passiert. Vielleicht hätte ich es auch verstanden, Tom. Aber er war zu feige, es mir zu sagen. Er hat mir kein Wort gesagt.«

Der Mann hörte ihr zu, ohne sie anzusehen; er stand mit dem Rücken zu ihr und sah hinaus, sah den grünen Wulst des Deiches entlang, der in weitem Bogen zum Horizont lief. Ein Schwarm von Seevögeln kam von den Prielen draußen im Watt zurück, segelte knapp über den Deich und fiel in jähem Sturz in das Schilf bei den Torfteichen ein. Sein Blick lief suchend über das Watt zur Hallig, wo sich jetzt der wandernde Punkt lösen mußte; jetzt mußte er die Rückwanderung antreten, um vor der Flut auf dem Deich zu sein: er war nicht zu erkennen.

»Und du bist zwei Jahre bei ihm geblieben«, sagte der Mann. »So lange hast du es ausgehalten und nichts getan.«

»Ich habe zwei Jahre gebraucht, um zu begreifen, was passiert ist. Bis heute morgen hat es gedauert. Als ich ihn begleiten sollte, habe ich es gemerkt, Tom, und du hast mir geholfen dabei, ohne daß du es wolltest. Du hast aus Mitleid oder aus schlechtem Gewissen verlangt, daß ich ihn begleiten sollte.«

»Er ist immer noch nicht zu sehen«, sagte der Mann. »Wenn er vor der Flut hier sein will, müßte er jetzt zu erkennen sein.«

Er öffnete das Fenster, befestigte es gegen den Widerstand des Windes mit eisernen Haken und blickte über das Watt.

»Tom«, sagte sie, »oh, Tom. Laß uns weggehen von hier, irgendwohin. Laß uns etwas tun, Tom. Ich habe so lange gewartet.«

»Du hast dir lange etwas vorgemacht«, sagte er, »du hast versucht, etwas zu vergessen, und dabei hast du gewußt, daß du es nie vergessen kannst.«

»Ja, sagte sie, »ja, Tom. So etwas kann kein Mensch vergessen. Wenn er es mir gleich gesagt hätte, als er zurückkam, wäre alles leichter gewesen. Ich hätte ihn verstanden, vielleicht, wenn er nur ein Wort gesagt hätte.«

»Gib mir das Fernglas«, sagte er.

Die Frau zog das Fernglas vom Bettpfosten, gab es ihm mit dem ledernen Etui, und er öffnete es, hob das Glas und suchte schweigend das Watt ab.

»Ich kann ihn nicht finden«, sagte der Mann, »und im Westen kommt die Flut.«

Er sah die Flut in langen Stößen von Westen herankommen, flach und kraftvoll über das Watt hinziehend; sie rollte vor, verhielt einen Augenblick, als ob sie Atem schöpfe, und stürzte sich in Rinnen und Priele, und kam dann wieder schäumend aus ihnen hervor, bis sie die eiserne Spundwand erreichte, sich sammelte und hochstieg an ihr und unmittelbar neben dem schrägen Steinufer weiterzog, so daß die dunkle Fläche des Watts gegen Osten hin abgeschnitten wurde.

»Die Flut ist pünktlich«, sagte er. »Auch dein Mann war pünktlich bisher, aber ich kann ihn jetzt nicht sehen.«

»Laß uns weggehen von hier, Tom, irgendwohin.«

»Er kann es nicht mehr schaffen! Hörst du, was ich sage? Er ist abgeschnitten von der Flut, weißt du das?«

»Ja, Tom.«

»Er war jeden Tag pünktlich zurück, lange vor der Flut. Warum ist er noch nicht da? Warum?«

»Seine Uhr, Tom«, sagte sie, »seine Uhr geht heute nach.«

Manfred Hausmann

STEUERMANN LEISS

Sie werden verstehen, daß ich nicht gerade zum Himmel emporgejubelt habe, als der vermischte Doktor mich am ersten Weihnachtstag anrief, kurz nach zweiundzwanzig Uhr, und mir eröffnete, ich müsse am nächsten Morgen, am sechsundzwanzigsten Dezember also, im Krankenhaus zu Esens einen Steuermann namens Leiss besuchen – Ludwig Emil Ida zweimal Samuel: Leiss. Er habe sich mit seinem Küstenmotorschiff zwischen Langeoog und Baltrum ein tolles Stück geleistet.

Der vermischte Doktor macht die Seiten »Unterhaltung und Vermischtes« bei unserer Zeitung. Vermischtes bedeutet Mord und Totschlag. Das kennen Sie ja. Deshalb heißt er so. Er schiebt mir immer die besten Sachen zu. Mag mich leiden. Ich ihn auch. Kann man nichts machen. Ein Schrank, außen Barock, innen zwanzigstes Jahrhundert.

»Der Kahn ist bei Windstärke neun gekentert«, sagte er. »Heißt glaube ich ›Einigkeit‹. Was für Namen die ihren Schlickrutschern geben! Na gut. Der Kapitän und der Junge sind über Bord gegangen. Nichts mehr von ihnen gesehen und gehört. Weht ja immer noch ganz schön. Steuermann Leiss hatte Freiwache und wurde im Logis eingeschlossen. Muß man sich mal vorstellen: das gekenterte Schiff treibt kieloben in der Nordsee bei diesem Wetter, und innen drin der Steuermann. Na gut. Nach drei Stunden hat die See den Kahn auf eine Sandbank vor Langeoog geworfen. Dann ist ein Hubschrauber gekommen, hat den Mann herausgeholt und nach Esens ins Krankenhaus gebracht. Direkt vor die Tür. Und nun sehen Sie mal zu, wie Sie die Sache in den Griff kriegen. Da sitzt nämlich Musik drin. Und die will ich hören. Um achtzehn

Uhr liegt der Bericht auf meinem Schreibtisch. Mit Bild. Alles klar? Na gut.«

Natürlich war alles klar. Was sollte ich machen? Dabei war gar nichts klar: Übrigens Nadolny ist mein Name, Bastian Nadolny. In der Redaktion sagen sie Nadel zu mir, weil ich wie eine Nadel in die Menschen eindringe, wenn ich sie aushole. Das ist nun einmal mein Beruf. Einen besseren habe ich nicht.

Am zweiten Weihnachtstag wollten wir eigentlich nach Lübeck, Lille und ich. Lille kannte Lübeck noch nicht. »Bildungslücke«, habe ich zu ihr gesagt, »muß ausgefüllt werden. Am zweiten Weihnachtstag Lübeck.« Sie kommt aus Lengenbostel irgendwo bei Zeven. Lernt in der Bremer Diakonissenanstalt medizinisch-technische Assistentin. Mit Lübeck war erst einmal gute Nacht. Statt dessen Esens. Auch nicht schlecht. Eine Sorte von Beruf hat unsereins. Aber das muß wahr bleiben: Lille ist erste Wahl. Kurzer Haarschnitt, blond, kühl und treu. Bei so einer Gelegenheit zeigt es sich.

»Nach Esens habe ich schon immer mal gewollt«, sagte sie. »Wo liegt das denn?«

»An einer Überlandleitung. Weiter gibt es da nichts. Höchstens noch ein paar Kühe.«

»Überlandleitung und Kühe«, sagte Lille, »das ist gerade das, was ich brauche. Kühe auf der Weide erinnern mich immer an zu Hause.«

»Besonders im Dezember«, sagte ich.

»Also Überlandleitung. Wie lange dauert die Fahrt?«

»Was weiß ich? Anderthalb Stunden. Sagen wir hin und zurück gute drei Stunden. Sagen wir vier Stunden bei diesem Wetter.«

»Können vier wunderbare Stunden werden, Baß. Es liegt an uns.«

»Na gut«, sagte ich.

Als wir am andern Morgen losfuhren, waren die Straßen leer. Trotzdem mußte ich aufpassen, weil die Sturmstöße den Wagen wegzudrücken versuchten. Mit Lille zu fahren, ist wie Geburtstag haben. Sie benimmt sich genauso, wie eine Frau sich benehmen muß, wenn sie mit einem Mann im Wagen fährt. Macht es mit ihrem bloßen Dasitzen schon festlich. Man fühlt nämlich, daß sie eine Frau ist. Kühl und trotzdem eine Frau, das ist selten. Aber wenn es ist, dann ist es festlich. Wir kommen gut miteinander aus. Ich selbst bin ja auch kein unangenehmer Mensch. Sie nennt mich Baß wegen Bastian und wegen meiner tiefen Stimme. Aber das gehört nicht hierher.

Was hierher gehört, ist folgendes: Als ich im Krankenhaus von Esens nach Steuermann Leiss fragte, sagte die Schwester, den habe seine Frau gerade weggeholt.

»Lebendig?« sagte ich.

Es habe so ausgesehen. Woher ich käme? Von Bremen? Dann müßte ich ihnen ja begegnet sein. In einem kleinen Volkswagen. Vor zwei Stunden ungefähr.

»Frohe Weihnachten«, sagte ich.

»Danke«, sagte sie. »Bei uns in Esens war das schon gestern.« Ganz kalt. Eine zähe Eule mit grauem Haar. So eine, die einen festhält, wenn der Arzt einem was aufschneidet.

»Adresse?« sagte ich.

»Mal sehen«, sagte sie. »Bremen, Kleine Meinkenstraße 17.«

»Wissen Sie was, Schwester?«

»Nein«, sagte sie.

»Ich wohne in der Sonnenstraße.«

»Freut mich«, sagte sie.

»Wenn ich um die Ecke biege«, sagte ich, »dann habe ich die Kleine Meinkenstraße gerade vor mir. Statt dessen fahre ich am heiligen zweiten Weihnachtstag durch Regen, Sturm und Dreck hierher. Warum ist er denn nicht bei Ihnen geblieben?«

»Sowie seine Stimme wieder funktionierte, hat er seine Frau angerufen und nicht eher Ruhe gegeben, bis sie versprochen hat, ihn nach Hause zu holen. Ich wünsche Ihnen eine gute Heimfahrt.«

»Danke. Was ich sagen wollte . . . Er muß doch eine Natur aus Beton haben. Drei Stunden im Wasser und in dieser Jahreszeit.«

»Sind Sie mit ihm verwandt?« sagte sie.

»Nicht gerade verwandt. Oder nur so um sieben Ecken herum. Nehmen Sie lieber an, ich sei ein Mediziner, der sich für unterkühlte Schiffbrüchige interessiert. Was haben Sie denn mit ihm gemacht?«

Sie schob die Krankenkassenbrille auf ihre Nasenspitze, senkte die Stirn und sah mich mit ihren graublauen Augen an: »Chefarzt vermutlich?«

»Sie sagen es, Schwester. Trotzdem können sie mir doch verraten, was man mit einem Menschen macht, der im Dezember drei Stunden in der Nordsee gelegen hat.«

»Ins Bett stecken und einen Lichtbügel überstülpen, dann heißen Tee mit Rum und Klüntjes und dann leichte Kost. Wer ein bißchen gesunden Menschenverstand hat, kommt von selbst darauf.«

»Man läßt sich's aber ganz gern von maßgeblicher Seite noch einmal bestätigen«, sagte ich. »Hat er denn schon was erzählt, wie ihm zumute war in dem gekenterten Schiff und so?«

»Da müssen Sie ihn schon selbst fragen. Soviel kann ich Ihnen immerhin versichern, daß er seinem Herrgott ziemlich nahe gekommen ist. – Schwester Hiltrud, haben Sie an die Moorpackung für die Gallenblase auf Elf gedacht?«

»Liegt schon drauf.«

»Ziemlich nahe«, sagte ich, »wie soll ich das verstehen?«

»Wenn Sie das nicht wissen, können Sie mir leid tun.«

Ich war entlassen. Schwester Beta hieß sie.

Während der Rückfahrt ging der Regen in Schnee über. Zuerst erschienen nur ein paar Flocken in den zuckenden Güssen, dann immer mehr, und schließlich preßte der Sturm nur noch Schneematsch gegen die Windschutzscheibe. Die Arme des Wischers hatten Mühe, rechts und links zwei Löcher offenzuhalten. Es war, als säßen wir in einem Gehäuse mit zwei winzigen Fenstern.

Während der ersten Viertelstunde schimpfte ich auf Schwester Beta, auf diese graue Eule, auf diesen Besen mit einer Haube obendrauf. Aber Lille sagte, wenn es solche grauen Eulen nicht gäbe, ginge es auf den Stationen drunter und drüber. »Solltest du einmal, was der Himmel verhüten möge, in ein Krankenhaus kommen, dann wirst du Gott danken, daß die Betas noch nicht ausgestorben sind. Lange wird es sowieso nicht mehr dauern.«

»Sie hätte mir doch wenigstens den einen oder andern Hinweis geben können.«

»Aber sie hat dir doch einen ganz hübschen Brocken vorgeworfen.«

»Nicht, daß ich wüßte. – Reich mir mal eine Zigarette!«

Sie holte das Päckchen aus dem Handschuhkasten, knipste ein Stäbchen heraus und steckte es mir, nachdem sie es angeraucht hatte, in den Mund.

»Danke«, sagte ich. »Und du?«

»Jetzt nicht.«

»Was für einen hübschen Brocken übrigens?«

»Vom lieben Gott und vom Nahekommen. Wenn ich du wäre, brauchte ich nicht mehr in die Kleine Meinkenstraße zu fahren. Mir würde es genügen.«

»Mir nicht.«

»Ist gar nicht gut, so viel zu wissen. Wer zu viel weiß, erkennt die Wahrheit nicht. Es kommt doch darauf an, das zu erkennen, worauf es ankommt.«

»Du müßtest eine Fibel für Reporter herausgeben.«

»Was müßte ich nicht alles!«

»Zum Beispiel?«

»Kinder kriegen . . .«

Ich warf einen kurzen Seitenblick auf sie. Aber sie tat, als merke sie nichts. Natürlich merkte sie was. Ihre Augen sahen geradeaus, ihre Unterlippe schob sich etwas vor und ging wieder zurück. Wir kannten uns nun schon über zwei Jahre. Aber ich hatte immer noch nicht heraus, ob ihr Nasenrücken eigentlich gerade war oder ein ganz kleines bißchen gebogen. An diesem Tage schien er gerade zu sein. Ich hätte gar zu gern mit meinem Mittelfinger eben mal darübergestrichen. Nur so. Lille ist ein schwedisches Wort und heißt klein.

Draußen mußte es kälter geworden sein. Seit einiger Zeit blieb der Schnee auf den Grasstreifen am Straßenrand liegen. Jetzt begann er auch die Fahrbahn zu bedecken.

»Also«, sagte ich, »Steuermann Leiss schnarcht in seiner Koje. Die . . . wie heißt das Schiff doch?«

»Einigkeit«, sagte sie.

»Die ›Einigkeit‹ wird von den groben Seen hin und her geworfen. Immer so ruckweise. Woher kommt sie übrigens, falls du das weißt?«

»Von Groningen.«

»Woher weißt du?«

»Weiß ich.«

»Was du nicht alles weißt! Was für eine Ladung?«

»Papier.«

»Schön. Und wie geht es weiter?«

Sie rutschte auf ihrem Sitz nach vorn, legte den Kopf auf die Rückenlehne und schloß die Augen. »Er liegt angekleidet in der Koje. Das Schiff ächzt und stöhnt im Seegang, ruckt hoch, noch höher, haut wieder runter und so fort. Mit einem Male holt es über, ganz schnell, weit über und geht über Kopf. Warum, weiß ich nicht. Aber das wird er dir schon erzählen. Keine Schwierigkeit.«

»Wird er mir nicht erzählen, weil er seinen Kapitän nicht reinreißen will. Der Kapitän muß doch irgendeinen Fehler gemacht haben, sonst wäre das Schiff doch nicht über Kopf gegangen.«

»Die Schwierigkeit liegt ganz woanders«, sagte sie. »An dieser Sache ist doch nur das eine interessant, meiner Meinung nach: was hat der Mann im Laufe der drei Stunden gedacht und gefühlt, als er da mutterseelenallein in der Finsternis stand? Aber das erzählt er dir nicht. Dir nicht und niemandem. So ist der Mensch. Und dabei wissen wir es schon.«

»So? Ich nicht. Du vielleicht. Ich nicht.«

»Wir wissen, daß er seinem Herrgott sehr nahe gekommen ist. Darum geht es nämlich, Herr Nadolny. Alles andere ist Beilage.«

»Dann wissen wir's ja.«

Sie schüttelte den Kopf. Ihre Augen blieben zu. »Wir wissen es, und wir wissen es nicht. Es fehlt noch etwas. Das, was dann kommt.«

Ein paar Schneefladen rutschten von der Scheibe herunter. Die Wischer schwangen erleichtert hin und her. Es wurde heller. Die verschneite Landschaft ließ die Welt heller erscheinen.

»Dann kommt«, sagte ich, »daß er langsam wieder vernünftig wird.«

»Das möchte ich eben wissen. Wie es in ihm aussieht, wenn er wieder vernünftig geworden ist – dein Ausdruck, nicht meiner – nach vierundzwanzig Stunden oder nach drei Tagen oder nach einem halben Jahr.«

»Und warum?«

»Tja, Herr Nadolny ...« Sie reckte sich, öffnete die Augen und setzte sich aufrecht hin. »Aus verschiedenen Gründen.«

»Nämlich?«

»Och, da gibt es doch Verschiedenes.«

»Nämlich?«

»Na, zum Beispiel ... was ich so in der Zeitung lese, ist doch immer nur die eine Hälfte der Sache. Mich interessiert die andere viel mehr. Das, was dann kommt. Ein Haus stürzt ein. Gasexplosion. Vier Tote und achtundzwanzig Schwerverletzte. Schön. Vielmehr nicht schön. Und dann? Kein Wort mehr davon. Falscher Luftwaffenmajor prellt amerikanische Offiziere. Und dann? Gefängnis. Und dann? Was wird aus ihm, wie geht sein Leben weiter? Nichts. Ich kenne nichts Uninteressanteres als eine Tatsache. Erst die Folgen, die daraus entstehen, und die Art und Weise, wie die Betroffenen damit fertig werden, das und noch einiges andere macht doch eine Tatsache erst mitteilenswert.«

»Gebe ich zu. Und darum fahren wir ja hinter diesem Steuermann her. Wegen der Tatsache und wegen der Folgen. – Das war erstens. Und zweitens?«

»Was zweitens?«

»Aus verschiedenen Gründen hast du gesagt. Erstens wegen der Folgen. Und zweitens?«

Sie betrachtete ihre rechte Hand von vorn und von hinten. Dann machte sie mit dem Daumen und dem gekrümmten Mittelfinger eine Bewegung, als knipse sie ein Krümchen weg. »Ach Baß, darüber müssen wir mal reden, wenn wir Zeit haben.«

»Haben wir doch jetzt.«

»Zeit schon. Aber nicht die richtige. Paß mal auf, ich möchte dich um etwas bitten: laß mich mitkommen, wenn du zu ihm gehst, nachher.«

»Ohne weiteres. Und warum?«

»Möchte ich gern. Ich kann ja deine Sekretärin sein.«

»Ohne weiteres. Oder du behängst dich mit den Fototaschen. Aber was die Zeit betrifft, wann ist denn die richtige Zeit?«

»Das weiß man nicht. Vorher weiß man's nicht.«

»Besteht die Möglichkeit, daß es nie ist?«

»Doch. Bei den meisten Menschen ist es nie.«

»Vielleicht haben wir beide ja Glück.«

Sie sah geradeaus, nickte vor sich hin und zuckte dann mit den Achseln.

Hinter Oldenburg hörte das Schneien auf. Der Sturm schien auszuwehen. Da die Straße schon freigefahren war, konnte ich den Wagen laufen lassen. Manchmal sprachen wir miteinander und manchmal nicht. Irgend etwas hatte sich verändert zwischen uns, ich wußte nicht was, aber ich fühlte es. Vielleicht auch nicht verändert, vielleicht war es schon immer so gewesen. Hin und wieder kommt so etwas ja über einen. Von dem Steuermann war nicht mehr die Rede. Wahrscheinlich, weil wir immerzu an ihn dachten.

Kurz vor fünfzehn Uhr bogen wir in die Kleine Meinkenstraße ein. Nummer 17 war ein schmales Haus mit einem winzigen Vorgarten. Das Ehepaar Leiss bewohnte die beiden unteren Stockwerke. Das Dachgeschoß hatten sie anscheinend vermietet. Ehe wir klingeln konnten, wurde die Haustür geöffnet. Ein Herr verabschiedete sich von Frau Leiss.

»Ich habe ihn zwar erst einmal krank geschrieben, aber das soll weiter nichts bedeuten. Sie brauchen sich keine Sorge zu machen. Auf jeden Fall sehe ich morgen früh noch einmal herein.«

Der Arzt also. Wir ließen ihn vorbei und wandten uns Frau Leiss zu, die uns mit betonter Zurückhaltung musterte. Wie in jedem Gesicht, so ging auch in ihrem eine Veränderung vor, als sie hörte, daß wir von der Zeitung kämen und eine Aufnahme von ihrem Mann machen wollten. Unwillkürlich strich sie über ihr zusseliges Haar und bat uns einzutreten.

Steuermann Leiss lag auf dem Sofa. Er trug eine grüne, halb zugeknöpfte Strickjacke über einem wollenen Hemd mit offenem Kragen. Seine Füße, die in derben Socken steckten, ragten unter einer buntkarierten Decke hervor. Als er uns erblickte, setzte er sich auf und schob die Füße unter den Tisch.

»Sie wollen dich aufnehmen, Alwin«, sagte Frau Leiss. »Du sollst in die Zeitung. – Entschuldigen Sie, Ihren Namen habe ich schon wieder vergessen.«

Ich sagte, sie müsse aber mit auf das Bild. Dann stellte ich mich und Lille dem Steuermann vor.

»Angenehm«, sagte er und erhob sich ein bißchen. »Leiss.«

Während ich mich nach seinem Befinden erkundigte, rückte Frau Leiss zwei Stühle zurecht. »Setzen Sie sich doch einstweilen. Ich muß mir eben mal übers Haar fahren.« Sie verschwand im Nebenzimmer.

Der Steuermann sah erschreckend mager aus. Doch offensichtlich nicht infolge der überstandenen Anstrengungen, sondern von Natur. Da Stirn, Backenknochen und Kinn hervortraten, wirkte der Mund mit den schmalen Lippen wie eingefallen. Die lange, dünne Nase ging an der Spitze etwas nach oben. Sonne und Wind hatten seiner Haut das gleichmäßige Braun gegeben, das auch wintertags Bestand hat.

Er hielt sich gleichfalls zurück und ließ mich kommen. Aber das bin ich ja gewohnt. Ich fragte ihn, ob er schon etwas Neues von dem Kapitän und von dem Jungen gehört habe. Dabei wies ich mit dem Kopf auf das Fernsehgerät, das auf der breiten Kommode neben einem spärlich geschmückten Tannenbäumchen stand. Wahrscheinlich ein Weihnachtsgeschenk.

»Nein,« sagte er, »sie haben nichts mehr darüber gebracht. Schon vergessen.«

»Mein Reden«, sagte Lille.

»Wir vergessen Sie aber nicht«, sagte ich. »Und deshalb wollen wir erst einmal ein paar Aufnahmen von Ihnen machen, wenn Sie erlauben. An die Arbeit, Fräulein!«

Frau Leiss kam wieder herein. Sie hatte nicht nur ihr Haar gebürstet, sondern auch eine andere Bluse angezogen. War zu erwarten. Aber als sie meinte, ihr Mann müsse sich auch etwas herrichten, wehrte ich ab: »Lassen Sie ihn genauso, wie er ist. Auch auf dem Tisch nichts anrühren, die Pfeife, die Zeitung, die Geneverflasche, das Rezept von . . . wie heißt er? . . . Doktor Wöltje . . . alles so lassen! Kann gar nicht besser sein.«

»Hol mal Gläser her, Mutter!« sagte der Steuermann. »Mögen Sie echten Genever aus Schiedam?« Er sprach es wie S-chiedam aus.

»Ein Gläschen traue ich mir wohl zu«, sagte ich, »aber mehr nicht. Ich muß ja fahren.«

»Und das Fräulein?«

»Dasselbe«, sagte Lille, während sie den Belichtungsmesser vor die Brust des Steuermanns hielt. »Achteinhalb Schein. Wir nehmen am besten das chromatische Superanastigmat mit Blende elf und Gummilinse.«

Lauter Unsinn. Sie hat keine Ahnung vom Fotografieren. Aber es klang so wunderbar unverständlich, daß Frau Leiss ein ergriffenes Gesicht machte. Unverständliches bewirkt immer Hochachtung. Davon leben viele Künstler.

Während der Aufnahmen kamen wir ins Gespräch über das Kentern und die Strandung der »Einigkeit«. Der Steuermann brannte nicht gerade drauf, zu erzählen, aber ich brauchte auch keine Tricks anzuwenden, um etwas von ihm zu erfahren. Wenn ich fragte, antwortete er. Nach der Fotografiererei goß er die Gläser voll. Ich trank auf seine Gesundheit.

»Da bin ich mit bei«, sagte Frau Leiss.

Und dann berichtete er von dem Unglück. Er hatte sich mit dem neuen Kapitän, einem Hamburger, nicht verstanden. Schon bei der Ausreise waren sie aneinandergeraten. Und auf der Westerems noch mehr.

»Westerems?« sagte ich. »Woher kamen Sie denn?«

»Von Delfzijl.«

Ich sah Lille an und ließ einen scharfen Luftzug durch meine Lippen fahren. »Und worum ging es bei Ihrem Streit mit dem Kapitän?«

»Hielt es für unverantwortlich, mit dem kleinen Schiff in das harte Wetter hineinzugehen. Hatte nur vierzehn Tonnen Ladung im Raum.«

»Wie groß oder wie klein war das Schiff denn?«

»Hundertfünfzig Tonnen.«

»Und was für Ladung?«

»Tee und Seidenpapier.«

Diesmal pfiff Lille ein bißchen vor sich hin. Sie hatte es hinsichtlich der Ladung zwar nur halb getroffen, aber immerhin.

Der Steuermann sagte, mit dem Kapitän sei nicht zu reden gewesen. »Überhaupt nicht zu reden. Er wollte und wollte am ersten Weihnachtstag in Hamburg sein. Und da gab es nichts. Gott mag wissen, was auf dem Spiel stand. Vielleicht nur die Weihnachtsgans, vielleicht auch eine Frau, nicht die eigene, oder was sonst. Er hatte es ziemlich mit den Frauen. Überall. Und hiermit auch.« Der Steuermann hob die Flasche aus S-chiedam mit der rechten Hand hoch und bedeckte mit der linken die untere Hälfte seines Gesichts. Die Nase ragte lang und spitz über den Zeigefinger hinweg.

»Und das ist nicht das richtige«, sagte Frau Leiss mit aufgerissenen Augen.

»Nein«, sagte ich.

Als sie gegen Mitternacht von Delfzijl ablegten, hatte der Steuermann das Ruder. Der Kapitän ging zur Koje und der Junge auch. Bei wachsendem Westnordweststurm und auflaufendem Wasser schlingerte die »Einigkeit« die Westerems hinunter, immer am Tonnenstrich entlang. Querab von Borkum traf sie das Wetter mit voller Gewalt. Der Steuermann mußte die Fahrt herabsetzen. Das war gegen sechs Uhr morgens. Kurz vor sieben weckte er den Kapitän, weil der Diesel nicht einwandfrei arbeitete. Es dauerte eine gute Weile, bis der Kapitän an Deck erschien und Wache und Ruder übernahm. Er hatte sich so ausgiebig gestärkt, daß er kaum noch stehen konnte. Allerdings wurde die »Einigkeit« auch hochgeworfen und in die Tiefe gerissen, daß es nur so eine Art hatte. Aber daran lag es nicht. Die Arbeit im Maschinenraum nahm eine gute halbe Stunde in Anspruch. Als der Steuermann nach oben kam, war der Kapitän hinter dem Rad zusammengesackt, und eingeschlafen und das Schiff vom Kurs abgetrieben. Er zog ihn hoch und überredete ihn, sich wieder hinzulegen.

Der Sturm drehte langsam über Nordwest auf Nord und jaulte in immer helleren Tönen durch die Wanten. Von Zeit zu Zeit jagte eine aufheulende Regenbö aus der Nacht heran und hüllte das Ruderhaus in eine dumpfe Blindheit, in der sich kein Feuer mehr ausmachen ließ. Nur ganz allmählich setzte sich die Dämmerung durch. Im Laufe des Vormittags flaute der Sturm etwas ab. Er wehte jetzt vielleicht noch mit Stärke neun. Um zwölf Uhr, in der Höhe von Norderney, schob sich der Kapitän wieder ins Ruderhaus. Obwohl er grau und verschlafen aussah, machte er einen besseren Eindruck als vorhin. Sie sprachen über das Wetter und über das Essen. Er führte sich ganz vernünftig auf. Aber wer konnte sagen, wie lange das anhalten würde? Deshalb holte der Steuermann den Jungen aus der Koje und gab ihm den Auftrag, ihn sofort zu wecken, wenn der Kapitän schläfrig würde. Dann aß er ein paar Scheiben Brot mit Speck, trank einen Schluck, zog die Gummistiefel aus und warf sich in die Koje. Im nächsten Augenblick war er in tiefe Bewußtlosigkeit gesunken.

Und dann kam es. Nachher stellte sich heraus, daß er eine knappe Stunde geschlafen hatte. Ein Gedonner kam und ein Brechen und eine sich drehende Finsternis. Er fiel irgendwohin. Alles Mögliche fiel über ihn. Die Finsternis sank weg, fing sich und ruckte hoch. Er griff umher, rutschte ab, Wasser schon über ihn, eiskalt, wogte zurück, war wieder da und wogte abermals hart in den Rücken, daß ihm der Atem wegblieb. Als das Wasser von neuem heranwuchtete, hielt er die gekreuzten Arme vor sein Gesicht. Da wurden ihm die Beine weggerissen. Er schlug hin, raffte sich auf, schlug wieder hin und kam wieder hoch. Aber er wußte nicht mehr, ob er auf seinen Füßen stand oder auf seinem Kopf. Wasser, überall Wasser. Irgend etwas preßte ihm die Schläfen knirschend zusammen. Er wollte stöhnen, schlucken, atmen. Es ging nicht. Nichts ging mehr, bis in seinem linken Ohr eine Blase zersprang und er den Kopf wieder frei hatte. Er fühlte an der Wand nach oben: die Koje oder was? Ja, die Koje, aber verkehrt herum. Verdammt noch eins! Das Schiff war gekentert. Raus! So schnell wie möglich raus! Wo war die Tür? Er überlegte. Aber vor lauter Dunkelheit konnte er nicht mehr richtig denken. Hier die Koje ... Warte mal: wenn oben unten war und unten oben, dann mußte die Tür dort sein. Er tappte darauf zu. Der Drehknopf befand sich unter Wasser. Tief Atem geholt und getaucht. Schnell! Wo ... wo ...? Ah hier! Er drehte und drückte. Aber die Tür gab nicht nach. Sie war durch die Trümmer des Ruderhauses verrammelt, die ein Brecher in den Niedergang gekeilt hatte. Wieder hoch. Er saß in einer Mausefalle. In einer sinkenden Mausefalle. Jetzt ging das Ersaufen los. Ohne sich zu besinnen, tauchte er ein zweites Mal. Seine Hände umklammerten den aufgedrehten Knopf. Sein rechter Fuß trat mit aller Kraft gegen die Türfüllung. Aber das Teakholz hielt. Das Wasser dämpfte die Wucht des Trittes. Nach Luft schnappend kam er wieder hoch, gerade als der schwere Gegenstand von vorhin an ihm vorbeigurgelte und gegen die Wand krachte. Er faßte hinterher, und da hatte er ihn. Es war der Schreibtischsessel des Kapitäns. Der bringt mich noch um, dachte er. Meinethalben. Ein eingeschlagener Schädel ist besser als absaufen. Geht schneller. Aber dann bemühte er sich doch, den Sessel in der Koje festzuklemmen. Als nächstes fischte er einen seiner Holzpantoffeln auf und trat hinein, um ihn unschädlich zu machen. Den andern fand er nicht. Die Gummistiefel mochten weiter herumschwappen. Sie waren nicht gefährlich.

Weil die »Einigkeit« keine Fahrt mehr machte, wurde sie noch wilder als zuvor hin und her geworfen. Das Wasser in der Kajüte klatschte an den Wänden hoch und sank schlürfend zurück. Es ging ihm jetzt bis an die Brust. Ungefähr. Erst einmal Ruhe im Kopf, damit die Nerven wieder in die Reihe kamen! Eigentlich hätte doch alles längst vorbei sein müssen. Was war denn los? Ein gekentertes Schiff sackte doch weg wie ein Stein. Bis an den Grund. Aber es herrschte keine Stille um ihn her, sonder Wogengedröhn. Das Schiff schwamm noch. Wahrscheinlich war es in einem gewaltigen Brecher so schnell gekentert, daß es nicht hatte vollaufen können. Dabei war eine Luftblase in der Kajüte hängengeblieben, die ihm das Atmen ermöglichte, als befände er sich in einer Taucherglocke. Stieg das Wasser denn immer noch? Es kam ihm so vor, als fiele es.

Aber das konnte ja nicht gut sein. Es fiel nicht, aber es schien auch nicht mehr zu steigen. Eine einwandfreie Feststellung war nicht möglich, weil es sich ununterbrochen bewegte. Manchmal schlug es sogar über seinem Kopf zusammen, daß er die Bläschen klingeln hörte.

Wo mochten sie jetzt sein, das Schiff und er? Seine Armbanduhr zeigte ein Viertel nach dreizehn. Dann sollte man annehmen, daß sie in der Höhe von Langeoog trieben. Allerdings wußte er nicht, was für Manöver der Kapitän sich hatte einfallen lassen. Vielleicht hatte er versucht, durch die berüchtigte Accumer Ee zwischen Baltrum und Langeoog zu gehen. Der helle Wahnsinn. Aber bei seinem Zustand konnte man ihm schon einiges zutrauen. Und dann hatte ihn die See beim Kentern des Schiffes über Bord gerissen und den Jungen auch. Ein Elend, ein Elend!

Der Steuermann dachte nach. Das Schiff trieb. Gut. Aber wohin? Schwer zu sagen. Vor den Ostfriesischen Inseln suchten die Strömungen immer neue Wege. Wenn es ein Viertel nach dreizehn Uhr war, dann mußte die Flut schon eingesetzt haben. Dadurch verringerte sich die Gefahr, daß die »Einigkeit« auf die Schiffahrtsstraße geriet und von einem großen Pott vollends unter Wasser gedrückt wurde. Flut und Wind drängten sie gegen die Inseln. Das konnte die Rettung bedeuten. Mußte nicht, aber konnte. Hoffentlich hielt die Luft noch so lange vor. Er atmete nur noch ganz vorsichtig und flach. Sooft die »Einigkeit« in die Tiefe sank, wartete er darauf, daß sie mit dem, was vom Ruderhaus noch stand, oder mit der Ankerwinsch auf Grund stieß. Der Mast war natürlich längst weggebrochen. Aber jedesmal gab es unten nur ein weiches Gewoge. Und was sich hin und wieder wie ein Stoß anfühlte, war nur eine harte Quersee.

Er wartete in seiner Einsamkeit und wartete. Zuerst hatte

ihm die Kälte am meisten zugesetzt. Er befürchtete, es nicht lange aushalten zu können, obwohl er sich unaufhörlich bewegte. Aber mit der Zeit nahm die Einsamkeit überhand. Sie quälte ihn noch mehr als die Kälte. Wenn er jemanden bei sich gehabt hätte, einen Menschen oder auch nur ein Tier, dann wäre es nicht so schlimm gewesen. Die Kälte war schlimm, und die Finsternis war schlimm, die Finsternis auch, aber die Einsamkeit war noch schlimmer. So schlimm, daß er ein paarmal in Versuchung kam, aufzugeben.

»Ich habe keine weichmütige Natur«, sagte er, »das dürfen Sie mir glauben. Es war, als ob mir die Wände immer näher auf den Leib rückten in der Finsternis. Und ich hatte keine Hilfe und konnte nicht weg. Dann merkt man erst so richtig, wie verraten und verkauft man ist.«

Ich fragte ihn, ob er auch Hunger gehabt habe.

»Hunger? Ich weiß nicht, Hunger nicht.«

»Und Durst?«

»Auch nicht. Man denkt gar nicht an so was.«

»Hast du mir nicht erzählt«, sagte Frau Leiss, »daß du versucht hättest, aus der Trinkwasserpumpe was herauszukriegen?«

»Das war später. Und eigentlich auch nur, um was zu tun. Nicht aus Durst.« Er griff nach der Flasche; »Trinken Sie aus! Oder hätten Sie lieber ein Bier? Mutter, hol mal Bier aus dem Kühlschrank!«

»Nein, nein«, sagte ich. »Danke, ich darf ja nicht.« Lille leerte ihr Glas, zog es dann an sich und schüttelte den Kopf. »Ich danke auch. Aber ich möchte Sie . . . Nein, wirklich, danke! Aber ich möchte Sie wohl etwas fragen.«

»Fragen Sie nur, kleines Fräulein!«

Sie faßte in ihr Haar, so schräg von hinten, und schob es auf und ab. »Vorhin haben Sie gesagt, daß Ihre Armbanduhr noch ging.«

»Ging noch tadellos. Hier!« Er streckte ihr sein Handgelenk entgegen. »Schweizer Werk, Sekundenzeiger, Leuchtziffern und alles. Hat keinen Tropfen durchgelassen.«

Lille schob noch immer ihr Haar auf und ab. »Ich wollte Sie fragen, ob Ihnen das Ticken, wenn Sie die Uhr an das Ohr hielten, und die Leuchtziffern, ob Ihnen die nicht wie etwas Lebendiges vorgekommen sind in der Finsternis.«

»Sieh mal an«, sagte der Steuermann. Er ließ den ausgestreckten Arm mit der Uhr auf dem Tisch liegen und richtete seine Augen auf Lille. »So war es tatsächlich. Nachher war es so. Wie kommen Sie darauf?«

»Ich möchte Sie noch mehr fragen.«

Er lehnte sich zurück und machte mit der Hand eine Bewegung, die ebensogut Zustimmung wie Ablehnung bedeuten konnte. Dann legte er sie vor seinen Mund und wartete.

»Ich hätte Sie gern gefragt, ob Sie ... Oder ich will mal so anfangen ...« Sie spielte mit ihrem Glas. »Wenn Menschen ... Wie ist es, wenn ein Mensch keine Hoffnung mehr hat? Entschuldigen Sie bitte.«

»Schön ist das nicht«, sagte der Steuermann hinter seiner Hand.

»Ich meine ... kommt es dann?«

»Was?« Er ließ die Hand sinken.

»Es braucht sich nicht einmal um eine so verzweifelte Lage zu handeln wie Ihre ... Ich meine, wenn ein Mensch in großer Not ist und nicht mehr aus noch ein weiß, dann ... na ja, dann kommt doch manchmal etwas über ihn.«

»Hm«, sagte der Steuermann.

»Na ja, zum Beispiel, daß er zum Beispiel anfängt zu beten.«

Der Steuermann sah vor sich hin, warf einen kurzen Blick auf Lille und sah wieder vor sich hin.

»Entschuldigen Sie«, sagte sie.

»Warum wollen Sie das wissen?« fragte der Steuermann, ohne die Augen zu heben.

Ich beeilte mich, ihm zu versichern, das habe nichts mit der Zeitung zu tun. Es ist eine ganz persönliche Frage meiner Mitarbeiterin.

»Es geht nur mich an«, sagte Lille. »Aber mich geht es an.«

»Hm«, sagte der Steuermann wieder.

Schweigen. Ich räusperte mich. Schweigen.

Frau Leiss zupfte Lille am Ärmel ihres Pullovers und flüsterte ihr unter verstohlenem Nicken zu: »Er auch.«

Der Steuermann schien es nicht gehört zu haben. Er holte tief Luft, wartete etwas und sagte dann im Ausatmen: »Ich jedenfalls nicht.«

»Das ist doch keine Schande, Alwin«, sagte Frau Leiss. »Was du mir erzählt hast, ist doch keine ...«

»Mußt nicht«, sagte der Steuermann.

»Ist doch keine Schande, Alwin. ›Tu jedem Menschen recht an Bord, vergiß auch Gott nicht und sein Wort.‹«

»Ich habe ja gar nicht richtig. Alles Unsinn. Nur so ... wie das so geht ... man hat ganz anderes im Sinn, man denkt, wie man hier rauskommem soll. Und während man so denkt, ist noch was anderes da, ganz von selbst.« Seine gespreizten Finger wischten, ohne daß er sich dessen bewußt war, auf seiner Brust herum. »Und das tut es dann. Nicht ich. Ich überhaupt nicht. Das andere ... Wie so ein Gestöhn irgendwo innen. Kann keiner was gegen machen. Ist natürlich alles nur ... sind natürlich nur die Nerven. – Aber daß Sie mir ja nichts darüber schreiben, sonst werde ich verdammt unangenehm!«

Ich wies seine Befürchtung mit beiden Händen zurück, zeigte auf Lille, die in sich versunken dasaß, und erhob die Hände noch einmal.

»Außerdem war ja auch Weihnachten«, sagte Lille vor sich hin.

Frau Leiss stand auf. »Ich sollte dir ja . . . ach je . . . du wolltest das ja noch nachlesen.«

Aber der Steuermann befahl ihr mit einer unwilligen Bewegung zu bleiben. »Jetzt doch nicht.«

»Oder hatten Sie das vergessen?« fragte Lille aufblickend. »Ganz unter uns gesagt?«

»Ganz unter uns gesagt, ging es mir nicht um Weihnachten, sondern um mein Leben.«

»Ich hole es doch mal her«, sagte Frau Leiss.

Wieder die unwillige Bewegung.

Lille sah ihn an.

Er faßte nach dem Tabakpäckchen und begann, sich die Pfeife zu stopfen. Dann fegte er die Krümel zusammen und preßte sie mit dem Daumen auf den gefüllten Kopf. Dann schloß er das Päckchen. Dann riß er ein Streichholz an. Dann setzte er die Pfeife in Brand. Dann löschte er die Flamme durch mehrmaliges Hin- und Herschwenken. Und dann legte er das Streichholz auf die Aschenschale. Alles sehr langsam und sehr umständlich. Als er fertig war, rauchte er schweigend vor sich hin. Dann und wann hatte es den Anschein, als wolle er etwas sagen, aber es wurde nichts daraus. Ich überlegte gerade, ob sein Schweigen vielleicht bedeutete, daß wir uns verabschieden sollten, da fing er an zu sprechen. Er fuhr da fort, wo wir ihn unterbrochen hatten. Nur sprach er jetzt gedämpfter, ich möchte fast sagen vertraulicher, so, als seien wir keine Fremden mehr. »Nach zwei Stunden hatte ich nur noch verdammt wenig Hoffnung. Ich merkte, daß der Sauerstoff in der Luftblase abnahm. Meine Augen konnten die Leuchtziffern kaum noch erkennen vor Müdigkeit. Sauerstoffmangel macht müde. Ich war so müde, daß ich taumelte wie ein Betrunkener.

Es ist sowieso nicht leicht, das Gleichgewicht zu halten, wenn man bis an die Brust im hin und her schwankenden Wasser steht und der Boden einem unter den Füßen wegsackt und schräg wieder hochkommt. Und Kopfschmerzen hatte ich auch. Ziemlich starke sogar. Zwei Stunden in der Finsternis sind eine lange Zeit, das kann ich Ihnen sagen, zweieinhalb Stunden. Da ist man nicht mehr für das verantwortlich, was einem durch den Kopf kommt. Und was kommt einem da nicht alles durch den Kopf: Weihnachtstag ... daran denkt man natürlich auch. Ist ja verständlich. Christi Geburt. ›Und es ging ein Gebot vom Kaiser Augustus aus.‹ Hat man ja in der Schule gelernt. Komisch, daß man es so lange behält, obwohl man keinen Gebrauch mehr davon ... Na ja, so richtig auch wieder nicht. Ich versuchte, ob ich es noch zusammenkriegte. Gleich der Anfang kam mir nicht ganz richtig vor. Und mit einem Male hatte ich es: ›Und es begab sich, daß ein Gebot vom Kaiser Augustus ausging.‹«

»Zu der Zeit«, warf Lille ein.

»Was ist gefällig?« Der Steuermann zog an seiner Pfeife.

»Und es begab sich zu der Zeit«, sagte sie.

»Sehen Sie! Nicht einmal jetzt komme ich damit klar. Und in der Finsternis schon gar nicht. ›Da machte sich auch auf Joseph aus Nazareth.‹ Oder stimmt's etwa nicht?« Er wandte sich wieder an mich.

»Ich bin für so etwas nicht zuständig«, sagte ich.

Lille schüttelte den Kopf.

»Wahrscheinlich stimmt es nicht. Mir schummerte die ganze Zeit über, daß es nicht stimmte. Und schließlich gab ich's auf. Aber dann sagte ich mir, es könnte ja sein ... ich sage ja, worauf verfällt man nicht alles, wenn man so ins Ungewisse treibt, in den Tod, und was für einen Tod, verdammt noch eins. Und dann machte ich eine Wette gegen das Schicksal: Wenn ich die Geschichte richtig zusammenbrächte, dann würde ich doch noch gerettet. Junge, was habe ich mir den Kopf zergrübelt, daß ich es in die Erinnerung holte! Vielleicht kamen die Kopfschmerzen auch daher. Aber ich erwischte immer nur einen Fetzen. ›Und sie gebar einen Sohn in der Krippe, denn es war sonst kein Raum in der Herberge. Und wickelte ihn in Windeln und legte ihn in die Krippe ...‹ Nein, zweimal Krippe stimmt nicht. ›Und die Engel verkündeten den Hirten: Ehre sei Gott in der Höhe und den Menschen ein Wohlgefallen.‹ Ich weiß, daß es nicht stimmt, Fräulein ... Fräulein ... na?«

Ich nannte Lilles Nachnamen.

»Sie brauchen gar nichts zu sagen, Fräulein Luhmann. Aber für mich stimmte es trotzdem. Ich hatte etwas, worauf ich meine Gedanken richten konnte, daß ich nicht unterging in der Finsternis, daß die Finsternis mich nicht verrückt machte, falls Sie das verstehen.«

»Es gibt noch eine andere Weihnachtsgeschichte«, sagte Lille. »Und das Licht scheint in der Finsternis.«

»Mag sein. Ich kenne nur ›Und es begab sich ein Gebot vom Kaiser Augustus.‹ Und das hat mich gerettet. Weil ich es nicht richtig konnte, hat es mich gerettet, falls Sie das verstehen. Weil ich solange darüber nachgedacht habe. Sonst hätte ich es nicht ausgehalten. Und darauf kommt es an.«

»Und die Finsternis hat's nicht begriffen«, fuhr Lille fort, aber so tonlos, daß es kaum zu vernehmen war.

»Gerettet«, sagte ich, »obwohl Sie die Wette eigentlich verloren hatten.«

»Es kommt nicht auf die Wette an«, sagte er, »sondern auf die Rettung.«

»Natürlich«, sagte ich. »Hören Sie, Herr Leiss, das mit der Weihnachtsgeschichte würde ich aber doch gern bringen.«

»Auf keinen Fall«, sagte er.

»Schade«, sagte ich. »Sie täten mir einen persönlichen Gefallen.«

»Finished«, sagte er.

»Schade. Und dann?«

»Ja, dann . . .« Er dehnte sich, indem er die Hand mit der Pfeife hochstreckte und mit der andern seinen Nacken rieb. »Kurz nach sechzehn Uhr kam der erste Stoß. Das Schiff wurde hochgehoben und sauste runter. Rums! Es krachte, daß ich glaubte, alle Nähte müßten reißen. Die Trümmer im Niedergang kreischten, im Laderaum rumpelte es. Ich hielt den Atem an. Und da kam auch schon der nächste Stoß. Das Schiff saß auf Grund. Auf Grund, meine Herrschaften! Mit ungeheurer Wucht donnerte jetzt die Brandung darüberhin. Jede See lüftete es an und schob es ein Stück vor sich her. Und dann rollte eine heran, die es nicht weiterschob, sondern umdrehte. Wie wenn ein Riese sich mit seiner Schulter dagegenstemmte und es umdrehte. Ich fiel hin, zappelte im Wasser, schluckte und spuckte und stand wieder auf. Und als ich nach der Koje fühlte, da war sie richtig herum. Das Schiff lag wieder auf seinem Kiel. Jetzt brauchte ich nicht mehr mit der Luft zu sparen. Ich pumpte mir die Lunge voll und tauchte nach dem Türknopf. Er befand sich auch jetzt wieder unter Wasser. Aber als ich ihn umdrehte, ging die Tür auf. Sie ging wahrhaftig auf. Nicht viel, aber doch so weit, daß ich mich nach einigem Gerüttel und Gerucke hindurchzwängen konnte. Das Eisengewirr und das zersplitterte Holz, das den Niedergang blockiert hatte, mußte beim Umdrehen verrutscht sein. Ich kletterte hindurch. Gerade fegte wieder ein Brecher über Deck. Aber ich stand in der freien Luft, wunderbare Luft. Das Schiff lag auf einer Sandbank. Da drüben zogen sich die Dünen einer Insel hin. Ich wußte nicht, um welche es sich handelte. Kein Gedanke, daß ich hinkonnte, denn zwischen der Bank und den Dünen tobte und schäumte noch die See. Und ich war steif wie eine Handspake. Hoffentlich merkten sie drüben, daß hier noch jemand am Leben war. Vorläufig ließ sich keine Seele blicken. Und dabei fing es schon an, dunkel zu werden. Bei jeder See, die über das Schiff sauste, klammerte ich mich an die Nabe des Steuerrades, die aus den Resten des Ruderhauses herausragte. Alle Speichen waren weggebrochen. Das Deck sah wie ein Schrotthaufen aus: die schenkeldicken Poller aus den Stahlplatten herausgedreht, das Schanzkleid eingedrückt, die Winsch zur Seite gebogen, die Speigattendeckel abgerissen, beide Anker weg. Ich hätte es nicht für möglich gehalten. Noch immer konnte ich niemanden erblicken. Dabei hatten sie mich auf dem Beobachtungsturm der Seenotfunkstelle längst entdeckt. Aber das wußte ich ja nicht. Der Rettungskreuzer ›Langeoog‹ war schon ausgelaufen und wollte versuchen, mich von See aus zu erreichen. Die Insel hieß also Langeoog. Und da kamen sie endlich über die Dünen und am Strand entlang, die Inselbewohner. Sie winkten, und ich winkte zurück. Ich verstand nicht, daß sie mich auf den Rettungskreuzer hinweisen wollten. Er kam aber nicht heran. Die Brandung ging viel zu hoch. Schließlich forderten sie einen Hubschrauber von Ahlhorn an. Im Handumdrehen war er da. Das Weitere wissen Sie.

»Gar nichts wissen wir!« sagte ich. »Wie hat er Sie denn von dem Wrack heruntergeholt?«

»Mit einer Strickleiter. Ich steckte den Arm hindurch. Dann hoben sie mich ein paar Meter an und orgelten mich zum Strand hinüber. Was sie da mit mir gemacht haben, alles mögliche, weiß ich nicht mehr so richtig. Sie haben mich jedenfalls in Decken gewickelt, in den Hubschrauber geladen und nach Esens geflogen. Das Ganze dauerte keine Viertelstunde. Ist schon eine tolle Sache, so ein Hubschrauber. Und nun sitze ich hier und freue mich meines Lebens.«

»Und ich freue mich, daß ich ihn bei mir habe.« Frau Leiss hielt ihm ihre Hand hin. Er lachte ein bißchen und drückte, ohne die Pfeife wegzulegen, sein Handgelenk hinein. »Schon gut, Mutter.«

Sie erhob sich, sie murmelte etwas vor sich hin und ging hinaus.

»Junge, Junge«, sagte ich, indem ich meine Notizen zusammenraffte, »da sitzt wirklich Musik drin.«

»Was ist gefällig?« fragte der Steuermann.

»Mein Chef hat gestern abend am Telefon gesagt, in Ihrer Geschichte sitze Musik. Ist so eine Redensart von ihm. Aber das kann man wohl sagen.«

»Sie denken doch daran, daß Sie von der betreffenden Sache ... Sie wissen schon, was ich meine ... daß Sie nichts davon bringen. Wir hätten am besten gar nicht davon anfangen sollen. Ich weiß auch nicht, wie ich überhaupt ... Also: kein Wort!«

»Kein Wort! Mein Wort! Und jetzt ist es höchste Zeit, daß ich an meinen Schreibtisch komme, sonst muß ich den Bericht noch in die Setzmaschine diktieren. Und das wäre ein Jammer. Vielen Dank, Herr Leiss, und gute Tage, und daß Sie bald ein neues Schiff kriegen!«

»Wird schon werden.«

Lille verabschiedete sich mit einer kleinen Verbeugung.

»Wo ist Ihre Frau denn geblieben?« sagte ich.

Frau Leiss rief durch die offene Tür, sie käme schon. »Hier ist es, Alwin.« Sie hatte ein schwarzes Buch in der Hand. »Du wolltest es doch nachlesen.«

»Jetzt nicht. Leg's irgendwohin. Vielleicht später.« Er wies mit dem Arm ins Ungewisse.

Frau Leiss brachte uns an die Tür.

Die Straßenlaternen brannten schon. Es fing wieder an zu schneien.

»Was wirst du nun schreiben?« fragte Lille, als wir im Wagen saßen.

»Stoff genug. Viel zuviel. Ich brauchte eine Sonderseite. Aber damit rückt der vermischte Doktor natürlich nicht heraus. – Du fährst doch mit zu mir?«

»Ich möchte lieber nach Haus. Setz mich bitte unterwegs am Dobben ab.«

»Soll ich nachher noch zu dir kommen, wenn ich bei der Zeitung fertig bin? Kann aber spät werden.«

Sie faßte in ihr Haar. »Vom Eigentlichen wird also wieder nicht gesprochen.«

»Darf ich ja nicht. Hat er mir doch ausdrücklich verboten. Und das ist sein gutes Recht. Leider.« Ich steckte den Zündschlüssel ins Schloß und ließ den Motor anspringen.

»Dann sehe ich nicht ein, was für einen Sinn das Ganze haben soll.«

»Außerdem will ich dir mal was sagen, Lille. Das Eigentliche ist außerdem schon nicht mehr das Eigentliche. Ist längst vorbei und abgetan. War nur, solange er in der Finsternis stand. ›Leg's irgendwohin!‹ Das kennt man doch.«

»Das kennt man doch.« Ihre Augenbrauen zogen sich gegen die Nasenwurzel zusammen.

»Was ist denn los, Lille?«

»Nichts.«

»Natürlich ist was los.«

Ihre Schultern sanken zurück. »Komm, wir wollen nicht mehr darüber sprechen.«

»Ich möchte aber.«

»Bitte nicht!« Sie stieß das »Bitte« so verzweifelt hervor, daß ich glaubte, sie werde gleich in Tränen ausbrechen.

»Ist es dir so schrecklich, daß der Mensch so ist, wie er ist?«

Ihre Fäuste drehten sich auf dem Schoß mit den Knöcheln gegeneinander. Keine Antwort.

Ein Flockenwirbel trieb durch die Helligkeit der Scheinwerfer. Ich fuhr langsam an.

Wilhelm Lobsien

DER STILLE GAST

Mit langsamen, schweren Schritten stampfte Jörn durch die engen Straßen der kleinen Inselstadt zum Hafen hinunter, wo sein Boot, halb auf die Seite geneigt, im Ebbschlick lag und auf die Flut wartete. Er hatte allerlei Dinge für sich und die Nachbarn eingekauft, Brot, Tabak, Rum und anderes, was auf der Hallig nicht zu haben war. Umständlich verstaute er die Waren, setzte sich dann an den Strand und lauerte auf das Steigen des Wassers.

Schon heute früh, als er sein Boot von der Halligkante löste und in den grauen Morgen hinaussteuerte, war ihm so seltsam zumute gewesen, als müsse ihm irgend etwas Fremdes begegnen. Im Wind, der frisch und drängend über das Wattenmeer ging, hatte eine ganz neue Melodie geklungen, so eigenartig schwer und dumpf und ganz ohne Kraft, so daß er nur wenig Fahrt gemacht und viel mehr Zeit als sonst zur Reise nach der Insel gebraucht hatte. Die Menschen hier in Wyk, der kleinen Hafenstadt, waren ihm auch ganz anders als sonst vorgekommen, so eigenartig laut und hastig, als könnten sie gar nicht genug vom Tag und vom Leben erraffen, als seien sie bange, ein anderer könne kommen und ihnen etwas wegnehmen.

Mochten sie tun, wie und was sie wollten, Jörn kümmerte sich nicht um sie. Er hatte genug mit sich selber und seiner kleinen, engen Welt zu tun, und die lag weit, weit drüben im Meer und versank fast im Dunst, der über der Kimm lagerte.

Nein, Jörn kümmerte sich nicht um andere Leute, sondern saß im weißen Strandsand und wartete auf die Flut, die ihn wieder nach Hause bringen sollte.

Wie oft hatte er hier gesessen und nach seiner fernen

Heimathallig hinübergeblickt! Wie oft hatte er sie im Glanz der Sonne auf schaukelnden Wellen, im Grau der Dämmerung wie eine ferne dunkle Wolke am Horizont liegen sehen!

Und doch kam sie ihm heute ganz anders vor, so wunderlich fremd und fern, daß ein leise drängendes Heimweh in ihm aufstieg. Aber er mußte sich gedulden und mit der Heimfahrt bis zur Tide warten.

Den alten, grauen Kopf in beide Hände gestützt, saß er da und blickte mit zusammengekniffenen Augen über das Watt, das still und fast bewegungslos vor ihm lag. So merkte er es nicht, daß ein Mann den Strand heraufgegangen kam. Der schien ein Schiffer zu sein. Schwer und breit war sein Gang, ein Südwester beschattete seine Stirn, und Ölzeug deckte seinen Körper, trotzdem die Luft ruhig und lau war. Schweigend setzte er sich neben Jörn in den Sand.

Da erst blickte Jörn auf und erschrak fast vor den seltsamen Augen, mit denen der Fremde ihn anschaute.

Eine Weile saßen die beiden schweigend beieinander. Dann sagte der Fremde, und seine Stimme klang fern und tief wie eine Glocke:

»Wohin fährst du?«

Jörn wies mit der Hand über das Wattenmeer, das leise klingend seine ersten aufkommenden Wellen an den Strand warf.

»Dort hinüber, nach Oland. Und du? Ich habe dich nie gesehen.«

»Ich bin durch alle Meere gefahren und bin überall zu Hause, wo Wind um Masten und Rahen pfeift.«

»Das ist viel. Ich kenne nur das graue Nordermeer.«

»Und das ist wenig, Jörn.«

Jörn blickte erstaunt auf und fragte:

»Woher kennst du mich?«

Der Fremde lächelte seltsam und leise und blickte dabei Jörn mit wunderlichen Augen an:

»Ich kenne alle Leute,deren Füße auf Schiffsplanken stehen. Ich kenne Kap Horn so gut wie den Kanal, so oft bin ich dort herumgefahren.«

Wieder ließ Jörn seine Augen über den Fremden gleiten, um schnell und flüchtig sein Gesicht zu erhaschen.

Ein Fahrensmann war er, das konnte man sehen, und alt genug war er auch, um Glauben fordern zu können, wenn er erzählte, daß er oft um Kap Horn gesegelt sei; aber ein wunderlicher Gast war er auch, bei dem einem schier unheimlich wurde.

Es war schon besser, ihn am Strande sitzen zu lassen und das Boot zur Heimfahrt zu rüsten; die Flut war wohl schon hoch genug.

Der Fremde aber legte ihm mit sanftem Druck die Hand aufs Knie und zwang ihn, zu bleiben.

»Was willst du, Jörn? Du kommst früh genug in den Hafen. Die See liegt blank und still. Für dein Segel ist kaum eine Mütze voll Wind da. Weit drüben hinter Amrum aber steht eine schwere Bank, die wird gegen Abend eine steife Brise bringen.«

»Du hast recht. Man merkt, daß du ein alter Fahrensmann bist. Vieles mußt du gesehen und erlebt haben.«

Der Fremde nickte.

»Hast du auch ihn gesehen«, fuhr Jörn fort, »der auf den schwarzen Klippen sitzt, wenn der weiße Schaum darüberspritzt, oder in dunklen Nächten auf der Ruderpinne hockt und sie festhält, daß dein Schiff wie verrückt in die Brandung jagt?«

»Ja, oft.«

Hastig wandte Jörn sich ihm zu:

»Und wie war das? Ich meine, wie war dir dabei? Sprach er oder winkte er?«

Wieder lag das seltsame Lächeln in den wunderlichen Augen des Fremden, aber er antwortete nicht.

»Du mußt nämlich wissen, daß mir all die letzten Tage, wenn ich übers Meer fuhr, ganz besonders heute in der Frühe, so war, als wäre er bei mir, trotzdem ganz stilles Wetter war. Du darfst mich nicht auslachen; aber mir war wirklich so, als säße er bald versteckt hinter der Fock, bald in der Last, oder als hielte er das Ruder gefaßt und ließe sich mitschleppen.«

»Und wenn es so wäre?«

Jörn starrte ihn mit großen, bangen Augen an:

»Ja, was dann? Sag mir, was dann?«

Mit einem Ruck erhob sich der Fremde, und seine Stimme klang plötzlich ganz anders, als er sagte:

»Das weiß keiner. Doch nun komm und mach dein Boot flott, damit du heute noch hafenbinnen kommst.«

Schwerfällig erhoben sie sich und stakten mit steifen Gliedern über den Damm nach dem Hafen.

»Ich fahre mit dir«, sagte der Fremde, und Jörn hielt es für selbstverständlich, so daß er kein Wort der Widerrede fand.

Als sie nahe der Hafenmauer waren, standen dort Schiffer und Fischer und guckten ins Wetter. Jörn winkte ihnen zu und sagte ihnen, halb verlegen, halb sich entschuldigend, daß sein Begleiter ein alter Fahrensmann sei, den er am Strande getroffen habe und der nun mit ihm fahren wolle.

Da lächelten sie mitleidig; denn sie sahen keinen Fremden und wußten, daß der alte Jörn zu den Wunderlichen gehörte, die mit sich selber sprachen und allerhand Erscheinungen hatten. Sie hatten darum auch nicht ihren Spott mit ihm, sondern halfen ihm, indem sie sein Boot an der Hafenmauer entlang bis ins freie Wasser zogen, und dann standen sie und blickten dem treibenden Kutter nach.

Die See lag still und blank. Ein müder Wind drückte mit leisen Händen gegen das Segel und schob das Boot träge durch die Wellen. Ringsum versanken die Inseln und Halligen im Dunst, der höher und höher stieg, und fern über Amrums weißen Dünen lag noch immer das schwefelgelbe Licht, in das sich die schwere, schwarzblaue Wolke langsam hineinschob und sich drohend ballte.

Jörn saß am Steuer und blickte lange schweigend zu dem Fremden hinüber, der gegen den Mast lehnte und die Augen lächelnd auf die dunkle Wolke richtete.

Was für ein wunderlicher Mann war das doch! Saß dort und sagte kein Wort und half auch nicht, wie es einem ordentlichen Fahrensmann zukam, als Jörn ein Ruder nahm und mit langsamen, gleichmäßigen Schlägen das fast still liegende Boot weitertrieb.

Nach einer Weile sagte der Fremde, und seine Stimme klang wieder wie aus weiter Ferne:

»Warum tust du das?«

»Warum? Weil ich schneller nach Hause will«, erwiderte Jörn verwundert.

Klang es da nicht wie ein Lachen? Lachte der Fremde oder glucksten die Wellen lachend am Bug? Wie ein feiner Spott zitterte das Lachen noch in den Worten, die der Fremde leise in die Stille hineinschickte:

»Was heißt zu Hause, Jörn? Weißt du, wo dein Zuhause ist? Ich kenne alle Meere und alle Erdteile; aber wo ich zu Hause bin, weiß ich nicht. Was kümmert's mich? Irgendwo landen alle; ob heute oder morgen, ob hier oder da, ist ja ganz einerlei für Fahrensleute. Aber ich bin müde. Wenn du meinst, daß du hafennahe bist, weck mich, damit ich dir helfe, dein Boot festzumachen.«

Damit lehnte er sich wieder gegen den Mast, schloß die Augen und schlief ein.

Jörn war unter seinen wunderlichen Worten ganz zusammengekrochen, und immer unheimlicher wurde ihm zu Sinn, je länger er zu dem seltsamen Fremden hinüberschaute.

Wenn er nur erst auf seiner Hallig wäre! Das Wetter, das schwarz und schwer über Amrum emporstieg, ja, das würde ihm schon helfen können; aber es schien über Sylt hinwegziehen zu wollen.

Ob er das alte Zaubermittel anwenden und am Mast kratzen sollte? Gewiß, die jungen Schiffer lachten, wenn sie davon hörten; er aber wußte Bescheid: Sobald man am Mast kratzte und dabei Ekke Nekkepenn, den Meergott, anrief, kam Wind auf . . . Wenn nur der Fremde nicht am Mast lehnte! Schlief er überhaupt? Stellte er sich nicht nur schlafend und schielte dabei durch schmalen Liderspalt tückisch herüber? . . . Einerlei, es mußte versucht werden.

Jörn überließ das Steuer sich selbst und schob sich vorsichtig an den Mast heran. Schon wollten seine Nägel über das Holz fahren, da stand der Fremde plötzlich groß aufgerichtet vor ihm und blickte ihn höhnisch an.

»Laß die Finger vom Mast, oder ich zerbreche sie dir.«

»Ich will doch nach Hause, was hinderst du mich?« wimmerte Jörn, dem plötzlich die Angst kalt übers Herz kroch.

»Du Narr! Als ob du es in der Hand hättest, wann du nach Hause kommst. Siehst du das Wetter hinter Amrum?«

»Das ist es ja gerade, was mir die Segel füllen soll, bevor es nach Norden abzieht.«

»Und wenn es nun kommt, kannst du ihm dann Einhalt gebieten? Hast du Gewalt über Sturm und Wellen?«

»Laß mich! Ich bin doch ein alter Wattenfischer.«

»Ein Narr bist du.«

»Und du?« begehrte Jörn auf, »du willst ein alter Fahrensmann sein und fürchtest dich vor dem Wetter? Wer bist du überhaupt, der sich so mir nichts dir nichts ins Boot hineinschleicht?«

Wieder kam es wie ein Lachen über die See, die sich unter dem aufkommenden Wetter furchte und dunkel wurde.

»Wer ich bin? Dir war doch schon in den letzten Tagen so, als säße er, den du nicht zu nennen wagst, versteckt hinter der Fock oder in der Last oder als hielte er das Ruder gefaßt und ließe sich im Kielwasser mitschleppen.«

Dumpf auf stöhnte Jörn und brach kraftlos in die Knie.

»Der bist du?« lallte er, »der Tod?«

»Ich bin's. Und nun zerkratze deinen Mast, soviel du willst; alles liegt ja doch in meiner Hand. Siehst du das Wetter kommen, Jörn? Hörst du es von Amrum herüberheulen und brüllen? Nun zeige, was du kannst, du alter Wattenschiffer; aber schnell, bevor es zu spät ist. Siehst du, wie's herankommt? Spring ans Steuer, Jörn, und mach hastig die Schote los, oder du gehst koppheis.«

Ein höhnisches Lachen schlug dem alten, zitternden Jörn ans Ohr.

Wie ein wildes Tier warf sich die Gewitterbö plötzlich in die See und peitschte mit rasenden Pranken die Wellen, daß sie sich jählings aufbäumten, über das Watt sprangen und das Boot wie ein Kinderspielzeug herumwarfen.

Weißer Schaum stiebte wie Schnee über die Flut, ein flammender Blitz zerriß krachend die Himmelskuppel, grollender Donner rollte über die schwarzen Wogen, und ehe Jörn sich aufgerichtet hatte, um die Schote zu lösen, packte der Sturm das Segel und drückte das steuerlose Boot in die Tiefe . . .

Das Meer war leer, und über die rollende, grollende, tanzende See klang es noch immer wie fernes, höhnisches Lachen.

NACHWORT

Die in ihren Stimmungen so wechselhafte Nordsee ist immerschon ein beliebtes Motiv künstlerischer Umsetzungen gewesen, denn durch die Jahrhunderte hat sie mit ihren urgewaltigen Sturmfluten Land und Menschen unverwechselbar geprägt.

Das an der Küste umgehende Wort von der »Mordsee« wurde durch Liliencrons Ballade »Trutz Blanke Hans« weithin populär. In ihr wird der Untergang Rungholts beschrieben. Die bekannteste Nordsee-Dichtung aber ist Theodor Storms »Schimmelreiter«. Diese letzte große Arbeit des Husumers ist von hohem literarischem Rang und zählt zu den meistgelesenen deutschen Novellen überhaupt.

Aber nicht allein die Sturmfluten, auch das alltägliche, sich immer wieder verändernde Bild der Küstenlandschaft ist voller phantastischer Momente, die den Dichter allzeit anregte.

Die meisten Autoren an der Nordsee sind verständlicherweise nicht in die überregionale Literaturgeschichte eingegangen. Ursache sind, wie anderswo auch, ihre oft überschwenglichen und unkritischen »Hymnen an die Heimat«. So war denn die enthusiastische Eingliederung vieler in die deformierte Geisteswelt der Nationalsozialisten kein Wunder. Bedauerlich, aber einsehbar ist dabei, daß selbst mancher talentierte Schriftsteller seither aus dem Regal verschwunden ist, auch ohne Indizierung.

Nur wenigen Autoren also, die man landläufig als Heimatdichter bezeichnet, ist es gelungen, im breiteren Rahmen Beachtung zu finden. In dieser Geschichtensammlung sind dafür Hans Leip und Gorch Fock als – wenn auch qualitativ sehr unterschiedliche – Beispiele anzuführen. Neueren Autoren wie Werner Klose und Fritz Ohrtmann ist ein ähnlicher Erfolg zu wünschen.

Werner Klose hat neben anerkannten wissenschaftlichen Publikationen mit den Romanen »Mord in Sanderup« und »Sonntagsmörder« in Nordfriesland angesiedelte Krimis geschrieben, die sich mit dem hohen Niveau weltweit bekannter Bücher gleichen Genres messen können.

Fritz Ohrtmann war in den fünfziger Jahren auf dem besten Wege, eine vielversprechende schriftstellerische Karriere anzutreten. Er veröffentlichte Gedichte und Geschichten im »Merkur« und in »Westermanns Monatsheften«. Aus beruflichen Gründen folgte eine lange schöpferische Pause.

Jan Herchenröder wird mit seinen zahlreichen Reiseführern in vielen Bibliotheken zu finden sein, aber auch er hat sich als Literat bisher überwiegend »nur« in Schleswig-Holstein einen Namen gemacht.

Zu den Heimatdichtern im engeren Sinne gehören in dieser Sammlung Berend de Vries (Ostfriesland) und Wilhelm Lobsien (Nordfriesland). Beide sind regional auch Jahrzehnte nach ihrem Tod als typische Vertreter ihrer ländlichen Mentalität bekannt geblieben.

Und wie ist es mit Siegfried Lenz und Manfred Hausmann? Ihre Werke sind – und das nicht zu Unrecht – überregional, ja international bekannt und beliebt, doch der Handlungsort ihrer Geschichten ist selten fiktiv.

Lenz schrieb bezaubernde Geschichten über Ostpreußen, schrieb über Hamburg und Schleswig-Holstein (wo er auch lebt), und auch Manfred Hausmann siedelte viele Erzählungen in seiner Wahlheimat an.

Sicher gibt es Grenzen zwischen der Heimatliteratur und der überregionalen Literatur – aber das eine schließt das andere nicht aus. Wichtig ist, daß Sprache und Inhalt Qualität aufweisen können.

Ob die regional gebundene Landschafts- und Menschenbeschreibung einer Erzählung unverfälscht andernorts Gehör findet, ist schon eine Frage literarischer Qualität. Denn wenn es gelingt, durch Sprache Interesse und Verständnis zu erwirken, wird Erfolg nicht mehr auszuschließen sein. Und damit verläßt die heimatgebundene Erzählung heimatlichen Boden.

Halebüll/b. Husum
Im Januar 1985
Hans-Heinrich Lüth

AUTOREN- UND QUELLENVERZEICHNIS

Gorch Fock (Hans Kinau) wurde 1880 als Sohn eines Hochseefischers in Finkenwärder (Hamburg) geboren. Nach seiner Kaufmannsausbildung war er in verschiedenen Firmen tätig, bevor er 1907 zur Hamburg-Amerika-Linie kam. Seine literarischen Arbeiten sind zum Teil im niederdeutschen Dialekt verfaßt. 1916 fiel er in der Schlacht am Skagarrak.
Werkauswahl: »Schullengrieper u. Tungenknieper«, »Seefahrt ist not«, »Sterne überm Meer«.
KAREN wurde dem 2. Band seiner sämtlichen Werke in fünf Bänden entnommen, 1935 von Jacob Kinau herausgegeben. Die Abdruckerlaubnis erfolgte mit freundlicher Genehmigung des Verlages M. Glogau jr., Hamburg.

Fritz Ohrtmann wurde 1925 als Sohn eines Lehrers in Flensburg geboren. Nach dem Abitur geriet er als Soldat in Kriegsgefangenschaft. Seine ersten literarischen Arbeiten erschienen in den 50er Jahren. Er war einige Jahre am Deutschen Gymnasium Istanbul (Türkei) als Lehrer tätig. Heute lebt Fritz Ohrtmann in Plön.
Werkauswahl: »Bunte Gläser«, »Tee mit Rum«
TEE MIT RUM erschien zuletzt als Taschenbuchausgabe in der Husum Druck- und Verlagsgesellschaft, Husum. Die Abdruckerlaubnis erfolgte mit freundlicher Genehmigung des Autors.

Jan Herchenröder wurde 1911 in Langen (Hessen) geboren. Er schrieb (auch unter dem Pseudonym Christian G. Langen) Romane, Essays, Drehbücher, Theaterstücke und Novellen sowie zahlreiche Reiseführer und -berichte. 1963 erhielt er den Königlich Dänischen Orden »Haederstegn« für Feuilletons

und Reiseführer über Dänemark. Er lebt in Timmendorfer Strand.
Werkauswahl: »Du mich auch. Zeitsatiren«, »Liebeserklärung an eine blonde Kühle«, »Rum ist in der kleinsten Hütte«.
EIN WRACK VOR AMRUM wurde mit freundlicher Genehmigung des Autors dem Merian-Band »Sylt, Amrum, Föhr«, Verlag Hoffmann & Campe, Hamburg, entnommen.

Hans Leip wurde 1893 in Hamburg als Sohn eines Seemannes geboren. Nach kurzer Lehrertätigkeit studierte er Kunstgeschichte und arbeitete am »Simplizissimus« mit. Am 1. Weltkrieg nahm er als Soldat teil, 1943 tauchte er vor den Nationalsozialisten in Tirol unter. Nach dem 2. Weltkrieg fand Hans Leip in Fruthwilen (Schweiz) seine zweite Heimat, wo er 1983 auch starb. Er erhielt u.a. die Senatsmedaille für Kunst und Wissenschaft (1960), wurde 1973 Prof. h.c., war u.a. Mitglied der Deutschen Akademie für Sprache und Dichtung und der Freien Akademie der Künste Hamburg.
Werkauswahl: »Godekes Knecht«, »Jan Himp und die kleine Brise«, »Der Nigger auf Scharhörn«.
GESPENST IM NEBEL erschien in dem Band »Am Rande der See«, Verlag Die Brigantine, Hamburg. Die Abdruckerlaubnis erfolgte mit freundlicher Genehmigung der Maximilian Verlagsgruppe, Herford.

Werner Klose wurde 1923 in Hünern (Niederschlesien) geboren. Kriegsteilnehmer bis 1945. Danach Studium der Germanistik und Geschichte. Ab 1950 Deutsch- und Geschichtslehrer am Nordseegymnasium in St. Peter-Ording. 1971/72 Referant für Mediendidaktik im Kultusministerium in Kiel, 1972-1984 Studienleiter für Pädagogik in der Lehrerausbildung in Schleswig-Holstein. Seit 1984 freier Schriftsteller. Klose ist Autor

zahlreicher zeitgeschichtlicher, bildungspolitischer und heimatkundlicher Bücher, er wurde 1953 mit dem Erzählerpreis des Süddeutschen Rundfunks und 1974 mit dem Eichendorff-Literatur-Preis ausgezeichnet.
Werkauswahl: »Generation im Gleichschritt«, »Das große Karussell«, »Staffetten-Wechsel«.
DIE SPUR IM SCHLICK erschien 1982 in der »Kurzeitung St. Peter-Ording« unter dem Titel »Einfach so, nach Helgoland. . .«. Die Abdruckerlaubnis erfolgte mit freundlicher Genehmigung des Autors.

Berend de Vries (Bernhard de Vries) wurde 1883 in Emden geboren. Er war Telegrafenbeamter und später Telegrafeninspektor i.R.. De Vries schrieb viele heimatkundliche Erzählungen und Gedichte, wofür er 1952 den Klaus-Groth-Preis erhielt. 1959 starb er in Emden.
Werkauswahl: »Schipp ahoi!«, »Nebel über dem Wattenmeer«, »Braunsegel schimmern«.
NEBEL ÜBER DEM WATTENMEER erschien 1955 im Hermann Schaffstein Verlag (erloschen). Die Abdruckerlaubnis erfolgte mit freundlicher Genehmigung von Etha Kortkamp und Gertrud de Vries, den beiden Töchtern des Dichters.

Siegfried Lenz wurde 1926 in Lyck (Ostpreußen) geboren. Nach dem 2. Weltkrieg kam er nach Hamburg und studierte Literaturgeschichte, Anglistik und Philosophie. Anschließend arbeitete er für Zeitungen und Rundfunk. 1951 erschien sein erster Roman (»Es waren Habichte in der Luft«). Heute zählt Siegfried Lenz zu den bedeutendsten deutschen Schriftstellern der Nachkriegszeit. Zu seinen Auszeichnungen gehören u.a. der Gerhard-Hauptmann-Preis der Freien Volksbühne

Berlin (1961) und der Große Kunstpreis des Landes Nordrhein-Westfalen für Literatur (1966). Er ist u.a. Mitglied der Freien Akademie für Künste Hamburg und der Deutschen Akademie für Sprache und Dichtung.
Werkauswahl: »So zärtlich war Suleyken«, »Deutschstunde«, »Heimatmuseum«.
DIE FLUT IST PÜNKTLICH wurde mit freundlicher Genehmigung des Verlages entnommen aus: Siegfried Lenz, Jäger des Spotts, Geschichten aus dieser Zeit, (c) Hoffmann & Campe Verlag, Hamburg, 1958.

Manfred Hausmann wurde 1898 in Kassel als Fabrikantensohn geboren. Nach schwerer Verwundung im 1. Weltkrieg studierte er Philologie, Philosophie und Kunstgeschichte. Seit 1927 ist er als freier Schriftsteller tätig. Er ließ sich erst in Worpswede und später in Bremen nieder. Unter anderem erhielt er die Jochen-Klepper-Medaille (1953) und das Große Bundesverdienstkreuz (1959). Hausmann ist u.a. Mitglied der Akademie für Wissenschaft und Literatur und der Akademie der Künste Berlin.
Werkauswahl: »Die Jahreszeiten«, »Abel mit der Mundharmonika«, »Ontje Arps«.
STEUERMANN LEISS wurde mit freundlicher Genehmigung des Verlages entnommen aus: Manfred Hausmann »Keiner weiß die Stunde« Neukirchener Verlag des Erziehungsvereins GmbH, Neukirchen-Vluyn.

Wilhelm Lobsien wurde 1872 in Foldingbro (heute Dänemark) geboren. Er war als Lehrer in Hoyer und später in Kiel tätig. Vorwiegend trat er als Erzähler in Erscheinung. Der »Halligdichter« starb 1947 in Niebüll und wurde auf Oland beigesetzt (Nicht Hooge, wie oft irrtümlich geschrieben).

Werkauswahl: »Der Halligpastor«, »Uthörn«, »Segnende Erde«.

DER STILLE GAST erschien in dem Band »Koog und Kogge« 1942 in der Westholsteinischen Verlagsanstalt Boysen & Co., Heide. Die Abdruckerlaubnis erfolgte mit freundlicher Genehmigung des Verlages.

WÖRTERVERZEICHNIS

Backstag	–	den Mast nach hinten sicherndes Drahtseil
Bake	–	Markierungszeichen
Beaufort-Skala	–	Windstärkenskala (0–12)
Belegnagel	–	»Coffeynagel«, Pflock zum Belegen von Tauwerk
BRT	–	Bruttoregistertonnen
Butze (Schlaf-)	–	Wandbett, Alkoven
Ducht	–	Ruderbank
Flage	–	Schauer
Gatt	–	in der Reling befindliches Loch
Heulboje	–	mittels einer Pfeife Schallzeichen gebende Schwimmtonne
Hiesel	–	Meereseinschnitt
Hörnstuhl	–	Ohrensessel
Hohlebbe	–	extrem niedriger Wasserstand bei Ebbe
Kimm	–	die auf See sichtbare Linie des Horizontes
Klüse	–	Bordwandöffnung für die Ankerkette
Lloyds Register	–	Verzeichnis aller Handelsschiffe über 100 BRT
lohnen	–	gerben der Segel (z.B. mit Fischöl)
Marlspieker	–	langer, spitzer Dorn zum Spleißen
peken	–	sich mit einer Stange abstoßen (staken)
Poller	–	Holz- od. Stahlvorrichtung zum Festmachen der Trossen
prökeln	–	schüren
Pütz	–	Wassereimer
pullen	–	rudern
preien	–	laut rufen, ausschreien, krähen
Priel	–	Wasserlauf im Watt

Riemen	-	Ruder zum Pullen (nicht Steuer)
Schanzkleid	-	feste Reling
Schote	-	das Segel in die richtige Stellung zum Wind bringende Taue
Setzbord	-	»Waschbord«, eine zur Erhöhung des Freibordes auf den Rand gesetzte Holzplanke
Siel	-	Deichschleuse
Spake (Hand-)	-	Hebel zum Anheben schwerer Lasten
Speigattendeckel	-	Abdeckung für den Wasserablauf
Spill	-	drehbare Vorrichtung zum Ankerhieven
Steven	-	der vom Kiel ausgehende vordere und hintere Schiffskörperabschluß
Stag	-	den Mast in Schifflängsrichtung nach vorn haltendes Drahtseil
Tiden	-	Gezeiten (Ebbe und Flut)
Tracht	-	zu tragende Last
Trawler	-	Schleppnetzfischer
Wanten	-	Mastverspannung nach den Seiten hin
Winsch	-	Seiltrommel (-winde)

Bücher aus dem Verlag H. Lühr & Dircks

HISTORISCHE WERKE

Carl Beseke

Der Nord-Ostsee-Kanal

Unveränderter Nachdruck der Ausgabe von 1893, mit einem Vorwort von Consul Dr. E. J. Fürsen. Ein Standardwerk über den Bau und die Vorgeschichte des Nord-Ostsee-Kanals. 148 Seiten, drei Karten im Anhang, zahlreiche Skizzen und Zeichnungen im Text, dreifarbiger Einband. ISBN 3-921416-23-X

Gustav Frenssen

Jörn Uhl

Roman. Unveränderter Nachdruck der Prachtausgabe der Grote'schen Verlagsanstalt, Berlin, 1913. 416 Seiten, über 80 Holzschnitte nach Zeichnungen von Prof. Bernhard Winter, Oldenburg, vierfarbiger Einband mit Jugendstilmotiven. ISBN 3-921416-22-1

Jörn Hagemeister

Rungholt

Sage und Wirklichkeit. Der untrügliche Beweis von der Existenz Rungholts ist hier erstmals veröffentlicht worden. 64 Seiten, 20 Abbildungen und Karten, zweifarbiger, kartonierter Umschlag. ISBN 3-921416-10-8

Johannes Jasper/Claus Heitmann

Chronicon Eiderostadense vulgare

oder die gemeine Eiderstettische Chronik 1103–1547. 96 Seiten, davon 46 im fotomechanischen Nachdruck des Urtextes. Einführung von Albert A. Panten. Die älteste Chronik aus dem nordfriesischen Raum. ISBN 3-921416-07-8

Friedrich Junge

Der Dorfteich als Lebensgemeinschaft

Unveränderter Nachdruck der bebilderten Ausgabe von 1907 (1. Auflage 1885), Vorwort von Prof. Dr. Willfried Janßen. Herausgegeben von Dr. Wolfgang Riedel und Dr. Gerhard Trommer. 292 Seiten Reprint, 40 Seiten Einleitung, zweifarbiger Leinenstrukturband, 91 Abbildungen. ISBN 3-921416-34-5

Horst Kurberg

Geschichte der Propstei Eiderstedt

Von den Anfängen bis zum Ende des Sonderstatus Mit einem Vorwort von Propst Hans-Walter Wulf. 138 Seiten, 4 Zeichn. u. Tabellen, zahlr. Abb., Leinen m. Schutzumschlag. ISBN 3-921416-33-7

Johannes Laß

Sammelung einiger Husumischen Nachrichten

Unveränderter Nachdruck der Ausgabe von 1758, mit einem Nachwort von Dr. Ulf Dietrich von Hielmcrone. Diese Chronik der Stadt Husum von 1089 bis 1758 enthält Nachrichten und Berichte aus dem Gebiet des heutigen Nordfriesland (NF Reprint Nr. 3, in Verbindung mit dem Nordfriisk Instituut, Bredstedt). 1028 Seiten, Kunstleder mit Goldprägung. ISBN 3-921416-18-3

Hans Philippsen

Sagen und Sagenhaftes der Insel Föhr

Unveränderter Nachdruck der Ausgabe von 1928, mit einem Nachwort von Jakob Tholund. (NF Reprint Nr. 2, in Verbindung mit dem Nordfriisk Instituut, Bredstedt, NF.) 84 Seiten, gebunden. ISBN 3-921416-16-7